Petra Oelker
»Nichts als eine Komödiantin«

Petra Oelker

# »Nichts als eine Komödiantin«

## Die Lebensgeschichte der Friederike Caroline Neuber

BELTZ
& Gelberg

*Petra Oelker*, geboren 1947 im Emsland, Ausbildung zur MTA und Sozialpädagogin, einige Ausflüge in andere Studiengänge, danach verschiedene Berufe an unterschiedlichen Orten. Sie lebt als freie Journalistin in Hamburg. Mehrere Buchveröffentlichungen. In der Anthologie (hrsg. von Charlotte Kerner) *Nicht nur Madame Curie... Frauen, die den Nobelpreis bekamen,* porträtierte sie die Lyrikerin Nelly Sachs.

Lektorat Susanne Härtel


Programm Beltz & Gelberg

Einband und Reihenlayout Willi Glasauer
Gesamtherstellung Druckhaus Beltz, 6944 Hemsbach
Printed in Germany
ISBN 3 407 80724 4

# *Inhalt*

# *Fromme Wünsche*

Taufe in Reichenbach. Viel Volk drängt sich in der matten Frühlingssonne an diesem 9. März 1697 durch das Hauptportal der Peter-Paul-Kirche. Unter dem hohen Kreuzgewölbe des Gotteshauses ist es kalt. In den ersten Bankreihen, nahe dem Altar, sitzt in warme Tücher gehüllt die feine Gesellschaft der kleinen sächsischen Stadt. Zu diesem Gottesdienst zu erscheinen, ist nicht nur ein Gebot der Neugier und der Frömmigkeit, Erscheinen ist heute gesellschaftliche Pflicht. Der Erb- und Lehnsherr, der hochedel geborene Adam Friedrich von Metzsch selbst, hält den Täufling über das heilige steinerne Becken. Es ist das erste Kind seines Gerichtsinspektors Daniel Weißenborn und dessen junger Ehefrau Anna Rosine.
Das Kind, erst kurz nach Mitternacht desselben Tages in der elterlichen Wohnung im Gerichtshaus am Johannesplatz geboren, erhält den Namen Friederike Caroline. Anna Rosine hat ein Mädchen geboren. An diesem Frühlingsmorgen scheint sein Weg klar.
Was wünscht der gräfliche Pate der Tochter eines seiner ersten Beamten? Schönheit und Tugend? Vor allem Tugend. Ein braves, demütiges Herz, fleißige Hände. Dann ergibt sich der notwendige Rest von selbst: eine ehrbare Heirat in ein begütertes Haus. Wenn sie einst alt und im festen Glauben an das gute Reich Gottes im Sterbebett liegen wird – das scheint gewiß an diesem Tag –, werden Kinder und Enkel um sie sein, weinende Mägde, der Pfarrer in der ersten Reihe.
Am Ende nur ihr Name, eine Zeile auf dem Grabstein des Gatten. So ist es Brauch.
Die frommen Wünsche haben nichts genützt.
Friederike Caroline, die kleine Weißenbornin, wird den vorgezeichneten Weg verlassen. Sie wird sich für eine andere

Zukunft entscheiden, für das Unvorhergesehene, das Überraschende. Jeder Tag ein neuer Kampf, Siege und Niederlagen. Als »die Neuberin« wird sie Theatergeschichte machen. Sie wird gefeiert werden als geniale Schauspielerin, als Poetin und als Theaterprinzipalin, sie wird verlacht und verachtet werden als eigenwillige Komödiantin. Und später, viel später, werden ihr sächsische Freunde der Theaterkunst ein steinernes Denkmal setzen.

## *Eine Kindheit in Zwickau oder Kerkerhaft macht flügge*

Friederikes Vater, bei ihrer Geburt einundvierzig Jahre alt, ist Rechtsgelehrter. Er hat in Straßburg und Leipzig studiert, ein weitgereister Mann. Er entstammt einer begüterten Kürschnerfamilie. Schon sein Großvater Fabian, der um 1600 als wandernder Geselle aus der pommerschen Handelsstadt Stettin nach Zwickau gekommen war, hatte als Kürschnermeister die Bürgerrechte und ein großes Haus erworben.

Auch Mutter Anna Rosine, geborene Wilhelm, viele Jahre jünger als ihr Mann, kommt aus gutbürgerlichem Hause. Ihr Geburtsdatum ist unbekannt. Als Jahr ihrer Eheschließung mit Weißenborn wird 1691 oder 1696 angenommen. Ihr Vater Johann Heinrich Wilhelm war in jungen Jahren Notar. Nun ist er Hochgräflich Reuß-Plausicher Gutsverwalter zu Rothenthal bei Greiz, einer kleinen Residenzstadt nur wenige Meilen von Reichenbach.

Seit 1692 lebt Daniel Weißenborn als Gerichtsinspektor in Reichenbach. Der Ort im Vogtland ist mit seinen zweitausendsechshundert Einwohnern keine große Stadt, aber doch von Bedeutung. Der Tuchhandel blüht, die Geschäfte gehen weit. Bis nach Hamburg, nach München und ins Schwäbische, in die österreichischen Erblande und in die Kurpfalz. Wichtige Verkehrsstraßen kreuzen sich hier, und der Handel bringt Nachrichten aus der weiten Welt. Daß in Leipzig ein Gesangbuch gedruckt wird mit fünftausend Liedern. Daß in den Städten Europas die Reichen sich neuerdings in überdachten Sesseln, Sänften genannt, von Dienern umhertragen lassen. Oder daß man in England die Salzsteuer verdoppelt hat und daß der russische Zar, der junge Peter I., in den Niederlanden das

Schiffszimmern erlernen soll. Der Zar als Zimmermann? Eine unglaubliche Geschichte.
Die Welt, in die Friederike hineingeboren wird, ist im Aufbruch. Mitteleuropa erholt sich von den Verwüstungen des Dreißigjährigen Krieges. Deutschland oder besser: die deutschen Lande sind durch die Vereinbarungen des »Westfälischen Friedens« anno 1648 ein Flickenteppich auf der Landkarte. Hunderte von Territorialstaaten, selbständige Herrschaftsgebiete, manche nicht größer als ein Bauerngut, bilden das Heilige Römische Reich Deutscher Nation. Wer zum Beispiel den ganzen Rhein hinunter reisen will, muß zweiunddreißigmal die als Zollschranke dienende Eisenkette über dem Fluß lösen und seine Waren von den strengen Zöllnern kontrollieren lassen. Auch Maße und Gewichte sind in fast jedem Herrschaftsgebiet anders. Der Scheffel, ein Getreidemaß, bedeutete in der kleinen Grafschaft Hoya 14,6 Liter, im Herzogtum Lüneburg hingegen 124,6 Liter. Immerhin gibt es überall in den deutschen Ländern den Taler, aber auch das sagt nicht viel. Der Wert ist unterschiedlich, und in Hannover zum Beispiel wird er in Schillinge, in Lüneburg in Groschen und in Oldenburg in Mariengroschen unterteilt. Eine Reise ist ein kompliziertes Unternehmen.
Die Gesellschaft ist fest in Stände eingeteilt, die den Menschen ihren Platz in der Welt unverrückbar zuweisen. Noch herrschen die Fürsten uneingeschränkt, absolut. Aber die Kaufleute und Handwerksmeister in den Städten, als Bürger nach Adel und Geistlichkeit der aufstrebende Stand, werden durch die wieder erblühende Wirtschaft reich und bedeutend. Mit wachsendem Selbstbewußtsein wird das Bürgertum in den kommenden Jahrzehnten endgültig und unaufhaltsam auch zum Motor und Träger des Geisteslebens werden. Fast ein Jahrhundert noch, bis der Sturm auf die Bastille von Paris die große blutige Revolution in Frankreich einleitet.

*Das Geburtshaus (re.) von F. C. Neuber in Reichenbach 1837, wie es nach dem Stadtbrand 1833 wieder aufgebaut wurde.*

Jetzt, um die Wende vom 17. zum 18. Jahrhundert, ist der barocke französische Adel für die europäischen Fürsten, Grafen, Herzöge und ihre Satelliten in allem Vorbild. Die Bürger eifern zumindest der pompösen Mode nach. Nur für das »einfache Volk«, etwa neunzig Prozent der Menschen, hat sich das Leben seit dem Mittelalter kaum verändert.

Das gilt auch in Sachsen. August der Starke, seit 1694 Kurfürst und in Friederikes Geburtsjahr auch zum Herrscher des katholischen Königreichs Polen gekrönt, lebt und regiert ebenso wie die anderen Fürsten und Monarchen Zentraleuropas nach dem Vorbild des Sonnenkönigs: Ludwig XIV. beherrscht seit fast vierzig Jahren Frankreich, aber sein Einfluß reicht weit über die Grenzen. Sein opulenter barocker Geschmack prägt ein Jahrhundert. Er ist der König der absoluten Macht, der Ausschweifungen und der nicht endenden rauschenden Feste. Die großen und kleinen Höfe Europas bis hinauf ins kalte Stockholm feiern ihm nach. Und wie er pressen sie für die Kosten dieser Pracht ihre Bauern aus: für Paläste und Gärten, für Feuerwerk, Wasserspiele und Statuen aus Marmor, für

Goldbrokat und Seide, für den Traum vom Himmel auf Erden und italienische Primadonnen.
Ludwig liebt und fördert die Künste. Seine berühmten Feste läßt er von den größten Künstlern seines Landes ausrichten, unter ihnen Racine, Lully und – vor allem – Jean Baptiste Poquelin, der sich Molière nennt. Der berühmteste Organisator der Versailler Lustbarkeiten und bedeutendste Poet an Ludwigs Hof verändert das französische Theater – und beeinflußt in Friederikes Zeit, Jahrzehnte nach seinem Tod, grundlegend das deutsche.
Es ist ungewiß, wann Friederike seinen spitzen und so gar nicht gottesfürchtigen Meisterwerken zuerst begegnet ist. Sicher nicht in der Bibliothek des Vaters. Die ist zwar groß, ungewöhnlich für diese Zeit, aber nur voller gelehrter Juristerei und Philosophie.
Französische Theaterstücke können nur zu Anna Rosines heimlicher Lektüre gehört haben. Friederikes Mutter liebt – zum Ärger ihres strengen und herrschsüchtigen Ehemanns – die Literatur. Als Daniel Weißenborn ihr die Bücher nimmt, leiht sie sich heimlich Ersatz bei den Nachbarn. Sie spricht gut französisch, sicher kennt sie Molières bittere Komödien.

Als Friederike fünf Jahre als ist, im Jahre 1702, verläßt die Familie Reichenbach und zieht nach dem nahen Zwickau um. Hier, in seiner Geburtsstadt, läßt sich Daniel Weißenborn als Notar nieder. Friederike ist immer noch das einzige Kind und wird es auch bleiben.
Das Leben in dem reichen dreigiebeligen Haus am Oberen Steinweg 56 ist keine Idylle. Vater Weißenborn ist ein jähzorniger Mann. Als Patriarch ist er unantastbar. Er tobt gegen Frau, Kind und Gesinde, flucht mit wüsten Worten. »Du Canaille«, fährt er seine betende Frau an einem Bußtag an, »du wirst dich zum Teufel beten, nicht im Himmel«. Oder später, kurz vor ihrem Tod: »Ich muß immer sehen, wenn der Teufel

kömmt und deine verdammte Seele aus deinem verfluchten Körper herausreißet.« Er schlägt sie mit der Hundepeitsche, wirft mit dem, was gerade zur Hand ist, nach Frau und Tochter. Mal mit dem großen Stecken, den er stets bei sich trägt, einmal, als Anna Rosine die falsche Haube aufsetzt, mit einem »4pfündigen Hammer«[1]. Daß er diesmal nicht trifft, ist nur Glück.

Anna Rosine stirbt im November 1705, ziemlich plötzlich, und ganz Zwickau flüstert: »Daran ist der Weißenborn schuld.« Doch der Notar ist Herr in seinem Haus: Er kann in seiner Familie tun, was ihm beliebt. Gottvater, Landesvater, Hausvater. Jeder ein Herrscher in seinem Reich. So ist es Brauch in dieser Zeit.

An Anna Rosines frühem Tod ist der Weißenborn schuld! Dieses Gerücht wird viele Jahre lebendig bleiben, so wie noch ein anderes, das sich schon seit Friederikes Geburt hartnäckig hält: Nicht Weißenborn sei der Kindsvater, sondern der hohe Pate selbst, der Adam Friedrich von Metzsch, Erb-, Lehns- und Gerichtsherr der kleinen Grafschaft Reichenbach-Friesen. Wer mag, kann doch sehen, wie sie einander gleichen: die gerade Nase, das feste Kinn, die stolzen Augen. Der Notar habe nur herhalten müssen damals, damit das Kind nicht in Schande geboren werde, damit die Mutter in Ehren verheiratet und versorgt sei. Und ist es wirklich nur ein Zufall, daß Weißenborn mit Frau und Kind gerade 1702, im Todesjahr des Adam Friedrich von Metzsch, seine gute Stellung in Reichenbach verläßt für eine unsichere Zukunft als Notar in Zwickau? Und hat er nicht oft den Körper seiner Frau verflucht, ihre tiefe Frömmigkeit und Demut verhöhnt? Nicht stets mit seinen Wurfgeschossen vor allem nach dem Gesicht des Kindes gezielt? Die Narbe auf Friederikes Wange, da wo sein Schlüsselbund sich eines Tages tief in ihr Fleisch gegraben hat, wird sie ihr Leben lang an das haßerfüllte Wüten des Vaters erinnern. Was kann aus einem Kind werden, das unter solch zorniger, unberechenbarer Herrschaft heranwächst? Ein Duckmäuser. Oder ein Rebell.

Die Tochter ist jetzt mit dem Vater allein. Weißenborn, der Witwer, ist fast fünfzig, oft bettlägerig von der Gicht, und die Geschäfte gehen schlecht. Er hat Schmerzen und Sorgen – sein Regiment wird nun kaum milder gewesen sein. Was tun mit einem achtjährigen Kind? Wäre es ein Sohn, schickte er ihn auf die Lateinschule, dann auf die Universität nach Halle oder Leipzig zum Studium der Rechte oder der Theologie. Aber eine Tochter?

Auch wenn es noch keine Schulpflicht gibt, gehört für ein Mädchen aus dem Bürgertum Bildung zur Standespflicht: Rechnen, Lesen, Schreiben, ein wenig Französisch und feine Manieren. Auch nützliche Künste und genug Wissenschaften, damit es später ein großes Haus zu führen versteht, die Kinder im guten Geiste erziehen kann, dem Gatten eine gehorsame und unterhaltsame Gefährtin wird. Mehr gilt als verderblich. Aber über allem steht die Erziehung zur Frömmigkeit, aus der Gehorsam, Ehre und Gottesfurcht erwachsen. »Allerunentbehrlichst: Geduld, Sanftmuth, Nachgiebigkeit und Selbstverleugnung«[2].

Über Friederikes Bildungsweg ist wenig überliefert. Anna Rosine hatte, so wie es Brauch war, ihre aufgeweckte und wißbegierige Tochter unterrichtet. Die Achtjährige kann schreiben und lesen, rechnen und ein wenig französisch parlieren. Sie weiß die Gebote Gottes und christliche Lieder vorzutragen, auf dem Globus in der Studierstube des Vaters hat sie entdeckt, wie unendlich groß die Welt ist. In die »Maidlein-Schule« am Zwickauer Klosterplatz, im Schulgebäude des ehemaligen Barfüßerklosters, kann Weißenborn Friederike also nicht mehr schicken, denn dort werden außer Beten nur Grundkenntnisse geübt. Vielleicht hat sie Hauslehrer gehabt, aber wahrscheinlich wird sie nun Schülerin und bald auch Gehilfin des strengen Vaters. Denn später, als Leiterin ihrer Theatertruppe, als Prinzipalin, zeigt sie in zahllosen Streit- und Bittbriefen an Behörden und Fürsten, daß sie auch Latein und die juristische Sprache beherrscht. Wenn ihre Pflichten in Haushalt und Notariat ihr Zeit lassen, liest sie in den gelehrten Büchern ihres Vaters und schreibt ihre ersten kindlichen Gedichte.

Das sind vor allem Rückschlüsse, Vermutungen – es ist wenig verbrieft über das Kind Friederike.

Bis zu ihrem fünfzehnten Lebensjahr: 1712, im Frühling, wird Friederike Caroline Weißenborn aktenkundig. Das Gericht zu Zwickau erläßt am 13. Mai auf Antrag ihres Vaters einen Steckbrief:

»Wir, Stadtvoigt und Beisitzer der Stadt- und Osterweyhen Schultesgerichte zu Zwickau fügen nächst Entbietung unserer nach Standesgebühr geziehmenden Dienste, Jedermänniglich denen dieses zukommt, hiermit zu wissen, wasmaßen bei Uns Hr. Daniel Weißenborn vormaliger Hochadl. Mezschischer Gerichts-Inspector zu Reichenbach gebührend anbringen lassen, wie daß ihm Gottfried Zorn, ein Studiosus Juris seine einzige Tochter Fridericam Charlottam, so zur Zeit nicht weit über 14 Jahr alt sei, aus seinem Hause entführet auch dem Verlaut nach wirklich geschwängert habe...«[3]

Friederike ist am 14. April geflohen. Das Maß war voll. Der Vater hat sie oft geschlagen. Bestie hat er sie genannt, Canaille, Aas, nie bei ihrem Namen. Sie hat ihn all die Jahre ertragen und immer wieder versucht ihn zu versöhnen. Aber nun ist sie kein Kind mehr, sondern eine mutige junge Frau von »männlichem Charakter«, das meint in dieser Zeit klug, entschlossen und selbstbewußt – Eigenschaften, die ihr in den kommenden bewegten Jahrzehnten immer wieder zugeschrieben werden.

Sie ist auf und davon mit Gottfried Zorn, vierundzwanzig Jahre alt, Schuhmacherssohn, Student der Rechte und ehemals Gehilfe Daniel Weißenborns.

Es ist Friederikes zweite Flucht. Schon am vergangenen Neujahrstag hatte sie vor den wüsten Drohungen des Vaters das Haus verlassen. Nachdem ihre Tante, die gehorsame Schwester des Vaters, ihr die Aufnahme verweigerte, hatte sie Unterschlupf bei der Familie einer früheren Magd gefunden. Fast drei Monate hatte sie dort gelebt und darauf gewartet, daß Zorn die Zukunft für sie beide in die Hand nimmt. Ein dreiviertel Jahr hatte der zuvor ohne Lohn als Weißenborns Gehilfe gearbeitet. Die Tochter war ihm für die Zukunft versprochen, dazu die Bibliothek und das dreigiebelige Haus. Friederike war von Anfang an in ihn verliebt gewesen, endlich ein freundlicher Mensch, endlich eine Hoffnung, dem Vater zu entkommen. Hoffnung macht Liebe groß. Aber, so steht es in den Zwickauer Akten, Weißenborn stritt sich mit Zorns Mutter. Wer weiß warum, aber er stritt bitter, schlug sie »mit der Karepritsche« und verbot ihr samt ihrem Sohn das Haus.

Zorn, so teilte er seiner Tochter mit, sei umgehend zu vergessen. Sofort. Aber Friederike ist keine, die Hoffen und Lieben vergißt. Also hatte sie Heimlichkeiten, traf sich mit ihrem »allerliebsten Engel«, schrieb ihm, dem ewig Zögernden, verzweifelte Briefe:

»... ich bitte Dich nochmahls um Gottes Barmherzigkeit Willen, ich kann Dich nicht höher bitten, lasse mich verlassene Seele nicht in Angst und Jammer vergehen, wen Du mich volt verlassen würtest, so würte ich als ein Schaff welches von Herte und Hirten verlassen, in der Irre gehen und mit Schmertzen mein jammervolles Ende erwarten ...«[4]

Weißenborn hatte seine Spione. Noch einmal, drohte er, und er werde sie erschießen. Lichterloh werde sie in der Hölle brennen wie ihre Mutter. Die Kammer neben seiner Schreibstube ist voller Pistolen, auch eine Armbrust ist da. Grund genug, die Drohung ernst zu nehmen. Also war sie geflohen. Fast ein Vierteljahr war sie fortgeblieben, aber schließlich

durch die Vermittlung eines Diakons zum Vater zurückgekehrt.
Das ist erst wenige Wochen her, doch Weißenborn ist der alte Tyrann geblieben und das Leben mit ihm die alte Hölle. Und weil der ängstliche Zorn auch jetzt nicht kommt, sie zu retten, rettet sie sich selbst. Am Abend des 14. April 1712 läuft sie nach der wilden Schimpferei des Vaters fort, ohne auch nur ein Schultertuch mitzunehmen. Dann steht sie in Zorns Stube, voller Hoffnung und Freude. Entkommen! Nun endlich beginnt das Leben.
Und Zorn? Der ist nur erschrocken. Sie solle beim Vater bleiben, beschwört er sie, wohin denn bloß sonst? Aber Friederike will nicht. Wohin? Das weiß auch sie nicht. Nur nie wieder zurück in das düstere Haus am Oberen Steinweg. Sie will fort, egal wohin, und ihn, Zorn, heiraten. »Und sollte ihr das Ungeziefer, so viel als Leute in Zwickau wären die Augen eher aushacken, auch gleich alle Teufel kämen, so lasse sie nicht von ihm, wo er bleibe, bleibe auch sie, wo er sterbe, sterbe sie auch.«[5]
Zorn ist ein schwacher Mensch, weicht stets dem größten Druck. Nun, da Friederike vor ihm steht, ein Mädchen, das nichts zu verlieren, nur zu gewinnen hat, so voller Tatendrang und unerschütterlich, hilft kein Zaudern. Sie will mit ihm fliehen – und so flieht er mit ihr. Nach Bayreuth im Fränkischen, so beschließt er. Dort soll ein Pfarrer sie trauen. Dann will er zum Militär, Regiments-Quartiermeister werden und genug verdienen, um sich und Friederike zu ernähren.
Aber Zorns Pläne sind nur Träume, und Bayreuth ist weit. Viel zu weit, sie werden das fränkische Land nicht erreichen. Die erste Nacht verbringen die jungen Flüchtlinge im Nachbarort Lichtentanne. Am nächsten Tag erreichen sie Greiz. Sie wohnen im Gasthof »Zum kalten Frosch«, bis Zorns schmale Börse leer ist. Friederike besitzt nichts. Damit Zorn seine Perücke, den einzigen Besitz, behalten kann, verkauft

sie für einen Taler und sechzehn Groschen ihr Haar. Die dicken Locken, so wird sie später leichthin dem Gericht erklären, seien ihr sowieso »zu nichts nütz gewesen, weil sie niemals mit dem Kamm durchkommen können, so stark wären sie gewesen«.[6]

Weiter wandern sie nach Reichenbach. Aber dort weisen selbst die Patinnen Friederike die Tür. Nur ein paar Meilen weiter, in Zwönitz, gibt Zorns Schwester, eine Gastwirtsfrau, den beiden Unterkunft. Bald sind die letzten Groschen verbraucht, und sie müssen wieder auf die Straße.

Der Steckbrief, die Anzeige Weißenborns gegen die ehrlose Tochter und ihren »Entführer«, ist nun auf den Ämtern. Am 19. Mai 1712 werden die Flüchtlinge auf der Straße bei Hartenstein verhaftet und auf die Fronfeste, die Gefängnisburg, gebracht. Vier Landsknechte bewachen sie dort Tag und Nacht, bis sie am 25. Mai gegen die Erstattung der Kosten von dreizehn Talern und drei Groschen für Bewachung und magere Kost der Zwickauer Gerichtsbarkeit übergeben werden.

In Zwickau ist Jahrmarkt an diesem Tag, und das Volk hat ein besonderes Spektakel: Am hellen Mittag rollt der Leiterwagen mit den Delinquenten, bewacht von einer bewehrten Mann schaft, über den Markt und zum Schultheißenturm.

Friederike Weißenborn und Gottfried Zorn bleiben dreizehn Monate in Haft. Die Akten werden dick, viele Zeugen werden befragt. Auch die beiden Delinquenten. Die eben Fünfzehnjährige, schlank und noch von kindlicher Gestalt, nimmt alle Schuld auf sich. Zorn habe sie nicht entführen wollen, und niemals habe er ihr Unehrenhaftes angetan. Sie sei es gewesen, die in Angst um ihr Leben vor Haß und Tyrannei des Vaters geflohen sei. Sie, Friederike, habe Zorn überredet, mit ihr zu gehen. Er habe sie viel lieber zurückschicken wollen.

Sechs Pfennige muß Weißenborn jeden Tag für das Brot seiner Tochter bezahlen. Mehr gibt er auch nicht her. Es ist eine karge

und kalte Zeit. Doch als Weißenborn, der die Aufnahme seiner Tochter bis dahin strikt verweigert hatte, plötzlich ihre Herausgabe und Rückkehr in sein Haus fordert, bittet das Mädchen die Richter, »woferne mein Herr Vatter nun mich wieder in seine Thyraney zu zwingen suche, dieses sein Bitten nicht stattfinden lassen«, weil sie »bey ihm noch weit hefftigere Saevitien als zuvor würte unterworfen und in steeter Lebensgefahr seyn müssen«.[7]
Die Richter sind beeindruckt von dem Mädchen, das klar und ohne Angst vor der mächtigen Obrigkeit seine Aussagen macht und das bei ungerechter Behandlung in höflichen, aber energischen Briefen um Abhilfe bittet. Sie ist nicht hilflos, wie man es von einem Weib erwartet. Sie ist eine ungewöhnliche junge Frau, gebildet, voller Gefühl und fest in ihren Überzeugungen, die sich mutig vor den ängstlichen Zorn stellt.
Am 19. Juni 1713 verkündet der Rat der Stadt die Entlassung Zorns aus der Haft. Auf allergnädigsten Befehl: August der Starke, Kurfürst von Sachsen und König von Polen, selbst hat es geboten. Eine Entführung, befindet deshalb auch der Rat, habe nicht stattgefunden. Und schließlich sei Zorn kein niederer Mann, sondern immerhin ein Studiosus der Rechte. Und »...man könne wohl nicht anders, als daß man sie [die Weißenbornische Tochter] ebenfalls der Hafft erliesse«.[8] Wenige Tage später ist auch Friederike frei.
Zorn findet schnell Arbeit, beim Advokaten Striebe in Reichenbach. Aber wo kann eine hingehen, die sich der gottgewollten Zucht des Vaters entzogen hat, mit einem Mann über die Straßen gezogen ist und dreizehn Monate im Kerker saß? Friederike glaubt immer noch an Zorn, an das erträumte Eheglück mit dem »allerliebsten Engel«. Aber der geht bald auf und davon, nach Dresden zu den Soldaten. Friederike bleibt nach sechzehn hoffnungsvollen Wochen im Haus seiner Mutter nur die Rückkehr zu Weißenborn.

In den nächsten Jahren ist das Regiment des Vaters kaum sanfter als vor ihrer Flucht, und kein ordentliches Haus wird dieser liederlichen Advokatentochter die Tür geöffnet haben. Friederike ist aus der Haft entlassen. Nun lebt sie in einem anderen Gefängnis.

Drei lange Jahre, bis 1716. Irgendwann in diesem Jahr, wahrscheinlich im Sommer, klettert sie durch ein Fenster auf die Straße. Da wartet Johann Neuber, und mit dem geht sie fort. Diesmal für immer. Nur einmal noch wird sie nach Zwickau zurückkehren, im März des Jahres 1722, um nach dem Tod des Vaters dessen Nachlaß zu ordnen.

Johann Neuber, Sohn eines Gutsbesitzerehepaares im nahen Reinsdorf und im gleichen Jahr wie Friederike geboren, hat die Zwickauer Lateinschule besucht. Das geplante Studium an der Leipziger Universität hat er durch den Tod des Vaters und die plötzliche Armut der Familie nicht beginnen können. Wie er Friederike, die stets Eingesperrte, kennengelernt hat, ob er aus Liebe mit ihr ging, aus Abenteuerlust oder weil es auch für ihn keine andere berufliche Zukunft gab, ist ungewiß.

Aber diesmal ist es eine Flucht mit einem verläßlichen Freund. Und mit einem klaren Ziel: Friederike und Johann wollen zu den Komödianten. Das bedeutet den endgültigen Abschied vom bürgerlichen Leben – vor allem für die junge Frau. Was einigen wenigen Männern gelingt, die Rückkehr vom verrufenen fahrenden Volk in ihre Familien und in einen bürgerlichen Beruf, ist für Frauen nahezu unmöglich. Eine Komödiantin gilt nicht viel mehr als eine gotteslästerliche Buhldirne, der die meisten Pfarrer sogar die heiligen Sakramente des gütigen Herrn im Himmel verweigern. Noch nach ihrem Tod zählt so eine zu den Ausgestoßenen, deren Leiber auf dem Schindanger verscharrt werden, damit sie die geweihte Erde der Friedhöfe nicht beschmutzen.

Friederike ist fromm, das wird sie immer bleiben, aber Alter und Tod sind weit. Sie hat einen unabhängigen, wachen Geist. Sie ist schön, gebildet – und sie will ein lebendiges Leben. Wenn der Platz, an den sie durch Geburt und Herkunft hingehört, nicht erreichbar ist, muß sie sich einen anderen suchen. Sie hat keine Wahl. Männer, die davonlaufen, können zur See fahren oder zu den Soldaten gehen. Frauen bleibt nur das Kloster – oder die Komödiantengesellschaft.

Seit die ersten Schauspieler mit ihren Karren durch die Lande zogen, hat sich ihnen allerlei Volk angeschlossen, das sonst keinen Platz fand: Verstoßene, Sünder und Scharlatane. Aber genauso lange wirkt die Zauberwelt des Theaters wie ein Magnet auch auf gebildete Bürgerkinder voller Träume und Phantasie. Und gerade in diesen Jahrzehnten schließen sich viele Studenten den Komödianten an, die meisten, weil ihnen das Geld für die Universität ausgegangen ist, aber viele auf der Suche nach Abenteuer und Glanz. Und danach sucht Friederike auch.

Mit Johann Neuber macht sie sich auf den Weg zu der Spiegelberg'schen Komödiantengesellschaft. Christian Spiegelberg und seine Truppe gehören zu den renommierten Theatergesellschaften des frühen 18. Jahrhunderts. 1715 hatten sie im Zwickauer Gewandhaus gastiert, und sicher hatte sich zumindest Johann das Spektakel nicht entgehen lassen. Friederike wird es kaum gelungen sein, an diesem anrüchigen Vergnügen teilzuhaben. Aber vielleicht hat sie Marionettenspieler, die in ihrer Kindheit in Zwickau waren, gesehen. Vielleicht hat die Lektüre schlesischer und französischer Dramatiker den Traum von der Bühne in ihr wachsen lassen. Vielleicht...? Egal warum – Friederike und Johann sind auf dem Weg.

## *Vom Wesen der Komödianten oder Die kecke Debütantin*

Es ist Sommer, der Wind ist mild, und das Land duftet nach frischem Grün und dem Harz der Fichten und Kiefern. Hoch fliegen Lerchen und Schwalben im leichten Tanz mit den Wolken. Das Leben beginnt, und auch wenn der Weg lang und oft beschwerlich ist, so riecht die Welt für Friederike doch nach Freiheit.

Die Reise dauert Wochen, zu Fuß und mit etwas Glück ab und zu ein paar Meilen auf einem Bauernkarren. Chausseen, befestigte Straßen, gibt es zu dieser Zeit in Europa noch nicht. Die Wege führen über Land, die meisten verschwinden im Herbst und im Frühjahr unter dickem Morast, im Sommer unter wucherndem Grün.

Wozu auch reisen? Das Leben findet im Kirchspiel statt. Auf den anstrengenden und gefahrvollen Weg in andere Städte und Länder machen sich vor allem Fürsten und Handelsherren in Geschäften; Studenten reisen, wenn sie reiche Eltern haben, zu den berühmten Universitäten in Amsterdam, Leipzig oder Straßburg. Handwerksburschen sind auf der Walz, und ab und zu überholen Kutschen adeliger Damen auf dem Weg ins Bad nach Lauchstätt, Ems oder Pyrmont die beiden Flüchtlinge. Auch Soldaten sind unterwegs – irgendwo ist immer Krieg in diesen Jahren – und die, die kein Zuhause haben: Quacksalber und Landstreicher, gut bewaffnete Räuberbanden, zahllose Bettler – und Komödianten mit ihren überladenen Karren voller Plunder.

Komödianten, verachtetes, sündiges Volk. Für die Pfarrer sind ihre Buden nichts als Bordelle und Brutstätten satanischer Machenschaften. Auch wenn das Laientheaterspiel an Schulen, in

Kirchen und Bürgerhäusern seit dem Mittelalter hochgeehrte Tradition ist und zum beliebtesten Zeitvertreib gehört, gelten fahrende Komödianten als Abschaum. Die Bürger, eine strenge, hochmoralische Kaste mit entschlossenem Aufstiegswillen, ignorieren die komödiantische Macht. Sie ist zu gefährlich, zu nahe am Tierischen im Menschen. Aber vom Volk – für die Dauer eines Jahrmarktes – und von den Fürsten – für ein kurzes Gastspiel im Schloßgarten – werden die wandernden Schauspielertruppen geliebt. Solange sie auf ihrer Bretterbühne stehen, und solange sie bleiben, wo sie hingehören, schlägt ihnen Jubel entgegen. Aber wenn sie sich herunterwagen in die Gärten und Säle der Schlösser, in die Stuben der Bauernhöfe und Stadthäuser, werden sie schnell vertrieben.
Ein hartes Leben. Die meisten Komödianten ziehen in kleinen Gruppen – oft nur mit der eigenen Familie – durch das Land. Sie spielen auf Gassen und Plätzen, überall da, wo man sie nicht davonjagt. Bei schlechtem Wetter sieht ihnen niemand zu, und der Hunger kommt schnell. Sie werden selten alt.
Die größeren, bekannteren Gesellschaften organisieren ihre »Gastspielreisen«, führen einen aufwendigen Briefwechsel mit Stadträten und Verwaltungen, um sich die Spielerlaubnis zu sichern, bevor sie sich mit ihren Karren auf den oft sehr weiten Weg machen. Die Bedingungen – zum Beispiel die Höhe der Abgaben an die Stadt, Dauer des Gastspiels oder die Zahl der erlaubten Spieltage – werden in einem Vertrag geregelt. Meistens haben sie genug Geld, um sich eine »Comödienbude« aus Brettern zu bauen, in vielen Städten wird das zur Bedingung gemacht. Aber eines ist für alle gleich: Die Häuser der Seßhaften bleiben ihnen ebenso verschlossen wie die Gnade der Kirche unerreichbar.
Schon im Mittelalter waren einzelne fahrende Gaukler unterwegs, aber erst das Ende des 16. Jahrhunderts berichtet von den fahrenden »Banden«. »Aus dem Dunkel der Geschichte und aus den Niederungen der Gesellschaft tauchen sie plötz-

lich herauf, wie auf geheime Verabredung, in ganz Europa vom Tajo bis zur Themse. Niemand weiß, woher sie stammen, sie sind auf einmal da, und sie vermehren sich in geometrischer Proportion [...] In der Welt des Barock, in der das schöne Scheinen zum Prinzip der Kunst und zum Gebot der Gesellschaft erhoben worden war, durften sie sich als die wahren Repräsentanten des Zeitgeistes fühlen. Der Schauspieler ist ein Geschöpf des Barock.«[9]

Nach Deutschland kommen sie in den letzten Jahrzehnten des 16. Jahrhunderts vor allem aus Italien und aus England. Die Italiener bringen Masken und bunte Kostüme, den frechen Spaß und die volkstümliche Posse. Wo allerdings an den italienischen Höfen die Commedia dell'arte mit satirischem Witz und tänzerischer Eleganz amüsiert, gerät daraus bei den Fahrenden diesseits der Alpen ein derber Klamauk; keine Obszönität ist zu hart, keine Prügelei zu brutal. Sie sind berühmt für ihre Grimassen, Verrenkungen und wilden Sprünge.

Die Engländer bringen die Dramen Shakespeares und seiner Zeitgenossen über das Meer. Oder besser: die blutigen Attraktionen, die sie daraus gemacht haben. Sie agieren pathetisch und pompös, zeigen feierliche Staats- und lärmende Kampfszenen. Noch berühmter sind sie für die Darstellung von Folterungen und Hinrichtungen. »Im naturgetreuen und waidgerechten Abschlachten von Menschen galten sie für unerreicht. Dann türmten sie die herrenlosen Gliedmaßen, und die Bühne schwamm im Blut.«[10] Das ist fast so gut wie die echten Hinrichtungen oder ein Gottesurteil über eine Hexe. Das Rindsblut in der Komödiantenbude fließt aus Schweinsblasen, aber oft genug hält das Publikum die Meucheleien für real. Das »einfache Volk« und der Adel lieben diese grausigen Spektakel, ergötzen sich an den kreischenden, obszönen Burlesken. Daß Schauspieler und Publikum verschiedene Sprachen sprechen, macht nichts. Nicht das Wort, nicht Dichtung gibt dem Theater Sinn, sondern der exzessive Augenschmaus und das grausige Erlebnis. Theater ist in dieser Zeit das, was uns heute das harte Action-Kino ist. Es hat wenig mit Poesie zu tun, es ist schlichte Aktion und rührt vor allem an die deftigen, an die lauten Gefühle.

Die Schauspieler sind Alleskönner. »Die Pantomime ist ihre Stärke«, schreibt Richard Alewyn, der Spezialist barocker Feste, »sie sind glänzende Fechter, sie können hinreißend tanzen, neue Tänze von einer erschreckenden Wildheit wie die Sarabande. Sie singen zärtliche Romanzen, schaurige Balladen, freche Couplets. Sie begleiten sich dazu mit der Laute; hinter der Bühne erklingen ihre Geigen. Sie sind verwegene Artisten. Sie verstehen sich auf possierliche Sprünge und wirbelnde Pirouetten. Sie schlagen Purzelbäume, Räder, Saltos, sie gehen auf den Händen, auf Stelzen, auf dem Seil. Und so vereinigen sie in ihrer Person die Künste des Schauspiels und der Oper, des Balletts und des Zirkus.«[11]

Aus den italienischen und den englischen werden in wenigen Jahrzehnten deutsche Komödiantengesellschaften. Wenn sie sich noch »englisch« nennen, meint das nicht ihre Herkunft, sondern es ist ein Versprechen für den Stil. Sie vereinen die beiden Wurzeln in ihrem Spiel, aber die »englische« überwiegt. Ihre Hauptfigur ist stets »die komische Person«. Sie ist die dreisteste, die wildeste und die unverschämteste von allen. In Deutschland wird sie Hanswurst genannt, dessen etwas weniger derbe, aber listenreichere Variante nach italienischem Stil ist der Harlekin. Für den Hanswurst gibt es kein Tabu. Er rülpst und furzt, er läßt die Hosen runter und hantiert mit dem Klistier, er ist dumm und schlau zugleich, prügelt und wird verprügelt. Er ist der schrillste und lauteste – eine Theatertruppe ohne guten Hanswurst wird vom enttäuschten Publikum mit Steinen beworfen.

Es gibt ihn überall auf Europas Wanderbühnen, und er hat zahllose Namen. In England heißt er Punch, Clown oder auch Pickelhering, in Spanien Leporello, in Venedig Arlecchino, in

Frankreich Pierrot, in Rußland Petruschka, in Holland Jan Tambour. Im deutschen Theater des frühen 18. Jahrhunderts, in der Zeit der Friederike Neuber, ist der Hanswurst der Star, und er wird es noch lange bleiben.

In diese turbulente Welt also wollen Friederike und Johann. Und sicher ist es kein Zufall, daß sie sich gerade der Spiegelberg'schen Gesellschaft anschließen wollen.
Der Prinzipal Christian Spiegelberg ist ein unternehmungslustiger Mann. Einst war er Mitglied der »berühmten Bande« Johann Veltens. Der war wie viele der bekannteren Schauspieler und Prinzipale im 17. und 18. Jahrhundert ein studierter Mann, ein Magister. Er hatte schon vor Jahren versucht, die Hanswurstiaden durch klassische französische Dramen zu ergänzen, allerdings mit wenig Erfolg. Sein Publikum langweilte sich bei den stets etwas langatmigen hehren Geschichten von edlen Männern und Göttern, bei den Heldentaten in schön gereimten Versen ganz ohne Tanz und fröhlichem Radau. Die Kasse blieb leer.
Spiegelberg kennt Veltens Geschichte und setzt deshalb lieber auf das Bewährte: Hanswurst und Gesang, Flittertrachten und Zauberschlösser. Eine besonders volle Kasse bringen die »Haupt- und Staatsactionen«, derbe, blutreiche Stücke von Königen und Staatsgeschäften – von Mord, Rache und Krieg. Aber – immerhin – mit ein bißchen mehr Stil als auf anderen Bühnen. Und ein paar Experimente ab und zu, auch einen Ausflug in die Nähe zum französischen Drama erlaubt er seinen kunstbeflissenen Schauspielern. Er spielt oft am Braunschweigischen Hof, dem wohl einzigen in den deutschen Ländern, der die Schaubühne pflegt, ihre »Verbesserung« durch die dramatische Kunst der Franzosen fördert. Das ist ungewöhnlich. An den Höfen Europas, selbst in Frankreich, gilt sonst nichts als die italienische Oper mit viel Ballett.

*Deutsche Wandertruppe der Neuberin-Zeit in Nürnberg, die sich auf eine Haupt- und Staatsaktion mit Held und komischer Person vorbereitet, um 1730.*

Also vorwärts zu Christian Spiegelberg, der nicht nur mit der Bretterbühne und ein wenig französischem Drama lockt, sondern auch mit der weiten Welt. Er ist der erste deutsche Prinzipal, der mit seiner Truppe Abenteuerzüge in fremde Länder unternimmt. Dänemark, Norwegen und Schweden sind sein bevorzugtes Revier. Einige seiner Schauspielerinnen haben sich im eisigen Norden die Füße erfroren. Sie gehen für den Rest ihres Lebens mit dem für viele Komödianten nach ihrem ersten durchwanderten Winter typischen Watschelgang. Dennoch erzählt er stets mit Begeisterung von diesen unwirtlichen Regionen. Besonders die kniefällige Ehrfurcht der bäuerlichen Nordländer vor erhabenen Gesten und pompösen Kostümen hat ihm gut gefallen.

Wo Friederike und Johann die Spiegelberg'sche Gesellschaft erreichen, kann nur vermutet werden. Vielleicht in dem alten Städtchen Weißenfels an der Saale. Oder in Blankenburg, am

Nordrand des Harzes. Wahrscheinlich aber mußten sie noch weiter bis ins ferne Braunschweig wandern, bevor sie am Ziel waren.
Die beiden Neuankömmlinge werden gerne aufgenommen: Die junge Frau mit den dicken blonden Locken, mit der geraden Nase und dem vollen Mund ist trotz der Narben im Gesicht eine Schönheit. Sie ist schlank und langbeinig, bewegt sich leicht und gern. Sie ist gebildet und voller Elan, etwas Neues zu beginnen. Dazu der ruhige Studiosus, immer bereit, da auszuhelfen, wo es gerade notwendig ist. Solche Leute braucht Spiegelberg.
Über die ersten Theatererfahrungen Friederikes ist nichts überliefert. Aber die Debütanten aus dem fernen Zwickau müssen sich auf Anhieb nicht nur die Begeisterung ihres Prinzipals, sondern auch die des »Durchl. Hertzogs Ludewig Rudolph« in Braunschweig erspielt haben. Denn als Friederike Weißenborn und Johann Neuber am 5. Februar 1718 heiraten, wird die Trauung der beiden Komödianten in der ehrwürdigen Braunschweigischen Hof- und Domkirche St. Blasius gestattet und unter großer Anteilnahme des Hofes vollzogen. Viele hohe Mitglieder der höfischen Gesellschaft sind dabei.

Das Ehepaar Neuber bleibt nicht lange bei Spiegelberg. Sie wechseln zur Haack'schen Truppe, die den englischen Stil pflegt und als die beste im Land gilt. Johann Caspar Haack, in Dresden geboren, gelernter Barbier und seit Jahren Komödiant, war durch die Heirat mit Sophie Julie Elenson, der Witwe seines bisherigen Prinzipals, Leiter der Truppe geworden. So ist es Brauch. Die schöne Tochter eines Hamburger Bürstenbinders, wie alle Frauen im 18. Jahrhundert unmündig, braucht zur Führung ihrer Geschäfte einen Ehemann. Als auch Haack nach kurzer Ehe 1722 stirbt, heiratet sie Karl Ludwig Hoffmann – auch er ein Mitglied ihrer Gesellschaft –, und

*Deutscher Heldendarsteller der »regelmäßigen« Tragödie, 1735.*

die Truppe nennt sich nun Haack-Hoffmann'sche. Friederike und Johann reisen mit ihr quer durch die deutschen Länder: Sie lernen Dresden kennen, die glänzende Residenzstadt der kunstliebenden sächsischen Kurfürsten, sie spielen in Hannover, Hamburg, Nürnberg, in Frankfurt am Main, jeden Winter in Breslau und immer wieder in Braunschweig und Leipzig.

Bei Wind und Wetter, im Sommer und im Winter ziehen sie von Stadt zu Stadt. Die Karren sind immer hoch beladen: Küchengerät und Federbetten, Kulissen, Textbücher, Kostüme, Requisitenkisten und kleine Körbe mit persönlicher Habe. Die Komödianten werden »Fahrende« genannt – aber meistens laufen sie neben den Karren her. Und oft müssen sie ihn aus dem Dreck ziehen. Wenn die Kasse voll ist, wartet in der nächsten Stadt ein warmes Zimmer in einem Gasthof oder bei einer Handwerkerwitwe. Sind die Zeiten schlecht, muß ein Schuppen oder ein Platz unter dem Wagen reichen. Wer keine eiserne Gesundheit hat, kann nicht lange bleiben. Die Schwindsucht, in dieser Zeit und bei einem so kräftezehrenden Leben ein sicheres Todesurteil, findet bei den Komödianten viele Opfer.

Aber bei der Haack-Hoffmann'schen Gesellschaft gehen die Geschäfte gut. Sie ist berühmt für die großen Talente ihrer Schauspieler und Schauspielerinnen – und für die verführerische Sophie Elenson. Das Repertoire unterscheidet sich nur wenig von dem anderer Gesellschaften: die üblichen Stegreifspiele in Schwulst und klebrigem Pathos, abstruse Geschichten voller Liebesleid, Mord und Totschlag, gespickt mit derbem Spaß, »Afterkomödien« genannt, dazu Fratzenschneiden, Lärm und artistische Künste. Ein wildes lustig-tragisches Durcheinander von Motiven aus dem Leben antiker Helden und Götter, aus Tagesereignissen und Moderomanen. Stücke wie die »Vermählung des heldenmüthigen Prinzen Perseus mit der durchlauchtigsten Prinzessin Andromeda, oder Belohnung der Tugend in der Person der Isabella von Castilien« sind sehr gefragt. Und biblische Geschichten: Die besonders ausführliche und mit viel Rindsblut garnierte Kreuzigung Jesu garantiert eine volle Kasse. Auch die Tragödien und Komödien der Messieurs Corneille und Molière, eines kaum bekannten Herrn Shakespeare werden im Stil der Zeit nur im tragischen oder lustigen Kern mit Stegreiftexten nachgespielt, angereichert mit dem immer präsenten deftigen Lustigmacher.

Dem höfischen Vorbild der Oper nacheifernd, wird in dieser Truppe ein bißchen mehr als auf anderen Bühnen gesungen, aus gleichem Grund ein bißchen mehr getanzt. Friederike hat Sinn für Witz und für Dramatik. Sie spielt mit, keck, talentiert und voller Begeisterung. Die langen düsteren Jahre in Zwikkau haben ihre Spiellust, ihre Phantasie und ihre Eitelkeit nicht erstickt. Hier, im Spiel, darf sie alles: laut und kokett sein, tanzen und singen, lachen und schön sein. Darf alles austoben, was bis dahin verboten war. Und wenn einer sie Hure schimpfen sollte, Canaille – was tut's. Sie ist jetzt eine Komödiantin, sie hat den Applaus.

Die ersten Jahre sind Lehrjahre. Aus dieser Zeit gibt es keine Theaterzettel, die die Namen der Schauspieler aufführen. Es ist nicht bekannt, welche Rollen Friederike bei der Haack-Hoffmann'schen Gesellschaft gespielt hat. Friederike lernt schnell, und sie ist immer neugierig auf Neues. Auf den Reisen durch die Städte des Reiches trifft sie viele andere Komödianten. Sie sieht ihr Spiel und lernt davon, vor allem von den Gesellschaften aus Frankreich, die oft in den Residenzstädten gastieren. In Frankreich gibt es schon ein anderes Theater. Seit mehr als fünfzig Jahren spielt man vor allem in Paris mit seinen festen öffentlichen Komödienhäusern »klassisches« Schauspiel. Nicht die Stegreifposse, sondern Stücke von Dichtern wie Molière, Jean Racine, Pierre und Thomas Corneille oder Jean-François Regnard. Tragö-

dien und Komödien mit klarer Handlung werden dort in Versen nach altfranzösischer Tradition im Alexandriner-Rhythmus deklamiert.
Friederike hört die Reime, sieht das verfeinerte, kunstvolle Spiel, verfolgt die ungewohnt durchdachten Schauspiele. Sie fühlt sich nicht nur von der vornehmen Art der höfischen Bewegungen und der Deklamation berührt, sondern auch von diesen Geschichten um Ehre, Liebe und Verrat, diesen Parabeln mit ihrer lehrreichen Moral. So müßte das deutsche Theater auch sein!

## *Ein Weib in Hosen wird Prinzipalin oder Alle Welt trifft sich in Leipzig*

Die besten Schauspieler und Schauspielerinnen Deutschlands sind bei Hoffmann versammelt. Friederike Neuber zählt schon dazu. Gemeinsam mit dem Komödianten Friedrich Kohlhardt, dem Sohn eines Pfarrers, hat sie ihren Prinzipal überzeugt, einige dieser ungewöhnlichen Stücke aus Frankreich in das Repertoire aufzunehmen. Sie haben damit beim Publikum Erfolg, denn auch wenn diese ungewohnte Kost ein wenig langweilig erscheint, so ist das erhabene Spiel in Versen doch eine Novität. Und diese Komödiantin, diese Frau Neuberin, macht mit ihrer lebendigen Darstellungskunst so manche Langatmigkeit wett. Auch die zusammenhanglosen Stegreifpossen und Hanswurstiaden verfeinert sie durch gewitztes und kunstvolles Spiel. Aber die Hoffmann'sche Gesellschaft zeigt nicht nur die alten aktionsreichen Burlesken und die neuen Tragödien. Sie führt auch geradezu satirische Lustspiele mit einer fortlaufenden Handlung auf. Besonderen Anklang finden solche Stücke und die ausgefeilteren Darstellungen natürlich bei den wenigen Gebildeten, die sich in die Komödiantenbude wagen.

»Wenn ihr doch die verschiedenen Personen gesehen hättet, die daselbst auftraten! [...] Vor allen anderen vier Bursche von den berühmtesten, sächsischen Academien, waren so unvergleichlich characterisirt, daß ich mein Lebenlang nichts schöneres gesehen habe. Ich will Euch von diesen vier letztern nur soviel sagen, daß der Jenenser Ungestümm, der Hallenser Fleißig, der Wittenberger Haberecht und der Leipziger Zuallemgut geheissen, und daß diese vier verschiedene Leute, nemlich ein Schläger, ein Freund der morgenländischen Sprachen, ein Zänker und ein *galant homme* von einem Frauen-

zimmer so herrlich vorgestellt worden, daß ihnen nichts als eine männliche gröbere Stimme gefehlet.«[12]
Der junge Leipziger Gelehrte, der so voller Begeisterung von seinem überraschenden Erlebnis berichtet, ist ein strenger, etwas humorloser Mann. Aber von dieser schönen talentierten Komödiantin, deren Sprache und Haltung Bildung verraten, ist er fasziniert. Nicht nur er ist begeistert: Friederike Neuber macht im Sommer 1724 in Leipzig Furore.
Der Gelehrte heißt Johann Christoph Gottsched, ist Magister der Philosophie und Schriftsteller. Er verehrt die französische Schauspielkunst und verabscheut die Oper und das Theater der deutschen Wanderbühnen. Für ihn ist da nichts als Barbarei. Aber bei der Haack-Hoffmann'schen Truppe sieht er Neues. Da sind andere Töne, zaghaft nur, aber immerhin. Zwischen all den »Haupt- und Staatsactionen« gibt es auch Trauerspiele und Komödien mit einer konkreten Handlung und heroischen Moral. Der moralische Spiegel, ja, das ist für ihn der Sinn des Theaters. Sein Fach ist die Literatur, sein höchstes Ziel die Verbesserung der deutschen Sprache und der deutschen Schaubühne. Er ist noch neu in Leipzig, aber fest entschlossen, hier Karriere zu machen. Im Leben der Friederike Neuber wird er bald und für lange Zeit einen entscheidenden Platz einnehmen.
Mit der Parodie auf die Studenten der großen Universitäten, die Friederike alle vier darstellt, wird aus der bekannten eine berühmte Actrice. Das Stück mit dem Titel »Gespräche im Reiche der Toten«, eine Satire auf ein geschwätziges, aber viel gelesenes Leipziger Periodikum und auf bigotte Bürger, handelt von listigen Ränken und Liebesverwicklungen. Es ist keine der üblichen zusammenhanglosen Burlesken, sondern eine handlungsreich und folgerichtig aufgebaute Komödie mit einem Anfang und einem Ende. Wer das Stück geschrieben hat, ist ungewiß. Vielleicht stammt es aus der Feder der Neuberin, zumindest aber, so wird vermutet, hat sie daran mitge-

*Johann Ferdinand Beck, berühmter Zahnbrecher, Prinzipal und Hanswurst des frühen 18. Jahrhunderts.*

wirkt. Die Rolle ist ihr auf den Leib geschrieben. Mit ihrem Witz, temperamentvollen Charme und komödiantischen Talent macht sie das Spiel zum Erfolg. Und selbst wenn später auf anderen Bühnen eine andere Schauspielerin diese Rolle spielt, so wird man es immer das »Neuberin-Stück« nennen. Auch Kritiker, die das Lustspiel recht nichtssagend finden, loben dennoch die Virtuosität, mit der diese Friederike Neuber so geistreich und amüsant die Studiosi karikiert, ohne die Mittel der gewohnten Deftigkeit.

Die Hosenrollen bleiben für viele Jahre ihr Metier. Die Auftritte in den weißen Seidenstrümpfen und engen Samthosen ohne das fesselnde Korsett und die zahlreichen hinderlichen

Röcke machen ihr Spaß. Auch wenn sie sich damit stets am Rande des Skandals bewegt.

Frauen auf der Bühne gibt es in Deutschland überhaupt erst seit wenigen Jahrzehnten. Jahrhundertelang haben Männer und Knaben die weiblichen Rollen gespielt: bei den mittelalterlichen Mysterienspielen ebenso wie bei den Aufführungen der lehrreichen Fastnachtsspiele, Komödien und Tragödien des Meistersingers Hans Sachs, auf den Bühnen der Lateinschulen und der ersten Wanderkomödianten. Ob Julia, heilige Maria oder schöne Helena – alles Männer in Röcken. Frauen, von Kirche und Geistlichkeit mit der Sünde der Verführung und Verderbnis der Männer belastet, waren auf den Bühnen verboten.

Das »Berufstheater« der armen Wanderkomödianten durchbrach dieses Gebot allmählich aus purer Notwendigkeit: Jedes Mitglied der Truppe kostet Brot, also muß auch jedes arbeiten. Das zumeist männliche Publikum belohnte diese neue Mode mit gutem Besuch.

Und nun springt da eine gar in Männerkleidern über die Bretter! Mag sein, daß es richtig ist, wenn ihr später nachgesagt wird, sie habe sich in ihren jungen Jahren in Männerkleidern unter die Leipziger Studenten gemischt, habe ihr Vergnügen gesucht bei den turbulenten Späßen und Diskussionen in den Weinstuben und Kaffeehäusern.

Das Jahr 1726. Sophie Julie Elenson-Haack-Hoffmann ist im Vorjahr gestorben. Spätestens jetzt, nach ihrem Tod, wird deutlich, daß sie trotz ihrer drei Ehemänner doch immer die eigentliche Prinzipalin war. Nun geht es mit der berühmten Truppe bergab. Als im Frühsommer die Schulden immer größer, die Gläubiger immer ungeduldiger werden, läßt Prinzipal Hoffmann seine Komödianten während eines Aufenthaltes in Hamburg im Stich und macht sich bei Nacht und Nebel mit seiner Magd davon.

Friederike und Johann Neuber sind jetzt neunundzwanzig Jahre alt. Sie haben Theatererfahrung, Ambitionen und Mut. In irgendeiner anderen Komödiantengesellschaft Unterschlupf zu finden kann für sie, die ja schon jahrelang bei der besten gespielt haben, kein Weg in die Zukunft sein.
So machen sie sich mit Kohlhardt »nebst einigen Übergebliebenen« auf den langen Weg nach Dresden, der sächsischen Hauptstadt und königlich-kurfürstlichen Residenz, und gründen dort eine eigene Gesellschaft. Durch die Auflösung der Hoffmann'schen ist das begehrte »Königlich-Polnische und Churfürstlich-Sächsische Hoff-Comödianten Privileg« freigeworden. Johann und Friederike sehen ihre Chance, und sie nutzen sie. Am 15. Februar 1727 schreiben sie die Eingabe an August, genannt der Starke, Kurfürst von Sachsen und König von Polen. Es dauert lange, aber endlich, am 8. August, kommt der Bote vom fürstlichen Schloß und bringt das kostbare Pergament mit dem Siegel des Landesherrn:

»Wir, Friedrich Augustus von Gottes Gnaden König von Polen [es folgen neunundzwanzig weitere Titel] urkunden hiermit, daß Wir... Johann Neubern und dessen Eheweib Fridericen Carolinen zu Unseren Hoff-Comödianten auf- und angenommen, Thun auch solches hiermit und Krafft dieses offenen Briefes dergestalt und also, daß dieselbe nebst ihrer bande als Unsere Hof-Comödianten vor männiglich gehalten und geachtet werden, sie auch befugt seyn sollen, in Unseren Chur- und Erblanden bey unverbothener Zeit* aller Orthen, ingleichen in denen Leipziger Messen und acht Tage vor und acht Tage nach den Messen ungehindert zu agiren und zu spielen. Jedoch sollen sie die gewöhnlichen Abgaben zu erlegen und abzustatten haben, über die Gebühr aber nicht beschweret

* An Sonn- und Feiertagen, während der Advents- und Fastenzeit und bei oft monatelanger Staatstrauer herrschte allgemeines Spielverbot.

werden. Befehlen demnach jedes Orths Obrigkeit, absonderlich denen Räthen in Städten sich hiernach gehorsambst zu achten und besagten Neuber und sein Ehe-Weib nebst ihrer bande hierunter zu schützen...«[13]

Das Privileg ist letztendlich nicht viel mehr als ein Gewerbeschein. Der Titel »Hofkomödiant« bedeutet keine Anstellung bei Hofe. Viele wandernde Hofkomödianten, so auch Friederike und Johann Neuber, haben das Stammschloß ihres Herren oder auch nur dessen Garten nie betreten, haben ihr Leben lang vergeblich auf die ehrenvolle und lukrative Einladung des Fürsten gewartet. Aber dennoch bedeutet der Besitz des Privilegs in einer Zeit, in der Schauspieler ein verachtetes Volk ohne Bürgerrechte sind, soviel wie ein Passierschein durch die Stadttore. Wer vom Landesherrn die Erlaubnis hat, »aller Orten« zu spielen, dem werden die Stadträte nur schwer die Spielgenehmigung verweigern können. Und kein Komödiant, kein Gaukler oder Zahnreißer darf ohne die Genehmigung der örtlichen Obrigkeit innerhalb der Stadtmauern sein Geld verdienen. Das Privileg ist zwar keine Versicherung für Anerkennung und volle Kassen, aber es macht das Leben um einiges leichter und ist zugleich ein werbewirksamer, wohlklingender Titel, der für Qualität bürgt. Vor allem bedeutet es in Sachsen die Erlaubnis, auf den Leipziger Messen im Zentrum der Stadt auf einer festen Bühne zu spielen. Und das wiederum bedeutet gefüllte Kassen, ein Polster für kargere Zeiten in anderen Städten.

Leipzig, in diesen Jahrzehnten die glänzendste Metropole Deutschlands, das Mekka der Gelehrten, Gebildeten und reichen Kaufleute, wird nun zu Friederike Neubers Heimat und wichtigstem Spielort. Während all der langen Jahre ihrer Wanderungen wird sie stets hierher zurückkommen und die Ankunft in Leipzig als Heimkehr empfinden. Sie ist ja nicht als Wanderkomödiantin geboren. Sie braucht einen Ort, an dem sie zu Hause ist, an dem ihr wacher Geist Anregung findet, an dem sie geachtet wird für das, was sie tut, und für ihre ehrgeizigen Pläne.

Mit mehr als dreißigtausend Einwohnern gehört Leipzig zu den größten Städten des alten Kontinents. Mit der renommierten Universität ist es ein bedeutendes geistiges und kulturelles Zentrum. Aber vor allem gilt Leipzig als Marktplatz Europas. Wichtige Handelsstraßen kreuzen sich hier von alters her. Die eine führt nach Hamburg und Lübeck im Norden, nach Prag, Wien und Venedig im Süden. Die andere, die alte *via regia*, nach Nürnberg und Frankfurt im Westen und nach Krakau und Warschau im Osten.

Die bürgerliche Oberschicht Leipzigs ist stark und reich. Sie beherrscht die Stadt, in der es weder eine Residenz noch eine Garnison gibt. Die Großkaufleute, Manufakturbesitzer, Juristen und Gelehrten stehen im Kontakt mit der Welt. Die Geschäfte gehen gut, und die Häuser der Handelsherren sind prächtig. Vierflügelig mit großem Innenhof und idyllischen Ziergärten. Mobiliar und Hausrat sind erlesen. Die schweren barocken Formen werden in diesen Jahren zierlicher, die Leichtigkeit des Rokoko beginnt auch in Leipzig Mode zu werden. Wer es sich leisten kann, besitzt noch einen weitläufigen Garten vor der Stadt mit Lusthaus und Orangerie, mit Alleen, Wasserspielen und exotischen Pflanzen.

Die Armen Leipzigs, und das sind viele, drängen sich in den Vorstädten. Während überall in Europa etwa achtzig bis neunzig Prozent der Menschen auf dem Lande leben, sind in Sachsen ein Drittel in den Städten zu Hause. Bezahlte Arbeit ist rar, das Leben ein harter Kampf. Der Hungerwinter 1719 ist in den Hütten und Holzhäusern nicht vergessen. Wer dem Glück nachhelfen will, muß mit drakonischen Strafen rechnen: der Galgen für Diebstahl, das Schwert für Mord, Ertränken für Kindstötung und Falschmünzerei. Wer nicht freiwillig gesteht, wird in der Folterkammer im Rathaus gesprächig gemacht. Die große Zeit der Hexenjagd ist zwar vorbei, aber wenn eine Frau im Verdacht steht, mit bösen Mächten im Bunde zu sein, dann gilt auch jetzt noch das Gottesurteil.

Es gibt vielerlei Vergnügen in Leipzig, aber das größte ist die Messe. Dreimal im Jahr – zu Jubilate nach Ostern, zu Michaelis im Herbst und zu Neujahr – wird das profitable Händlertreffen veranstaltet. Tausende von Kilometern reisen die Kaufleute mit ihren Wagenkolonnen nach Sachsen. Sie kommen aus ganz Europa, auch aus Arabien, der Türkei oder Armenien. »Mohren« sind darunter, stolze Männer, den mit Edelsteinen besetzten Dolch im Gurt. Auch August der Starke, als prunkliebender Kurfürst von Sachsen und König von Polen selbst eine außerordentliche Attraktion, besucht die Messe mitsamt großem Gefolge gern. In diesen Wochen wird jede Ecke, jeder Keller der Stadt zum Marktstand. Mehr als sechstausend ortsfremde Händler kaufen und verkaufen alles, was die Welt für Geld zu bieten hat: Feigen und Mandeln, Gewürze und französische Galanteriewaren, Gläser und Uhren, Teppiche und Tabak, selbst Austern und Zitronen. Seide wird feilgeboten, Weihrauch, Hölzer, mathematische und chirurgische Instrumente, kunstvolle Degen. Auch Indigo, Kaffee und Felle aus den überseeischen Provinzen, Porzellan aus China, Safran aus Indien. Auf dem Roßmarkt stehen zweitausend Pferde zum Verkauf. Und natürlich werden Bücher angeboten. Nirgendwo im Reich gibt es so viele Buchhandlungen, so viele Druckereien wie in Leipzig.

Viel Geld wird hier verdient – und wieder ausgegeben. Wo Messe ist, ist auch Spektakel. Und so ist Leipzig genau der richtige Ort für eine Theaterprinzipalin mit ehrgeizigen Plänen. Die Konkurrenz ist allerdings groß. Nicht nur die Komödianten, sondern auch Akrobaten und Feuerfresser,

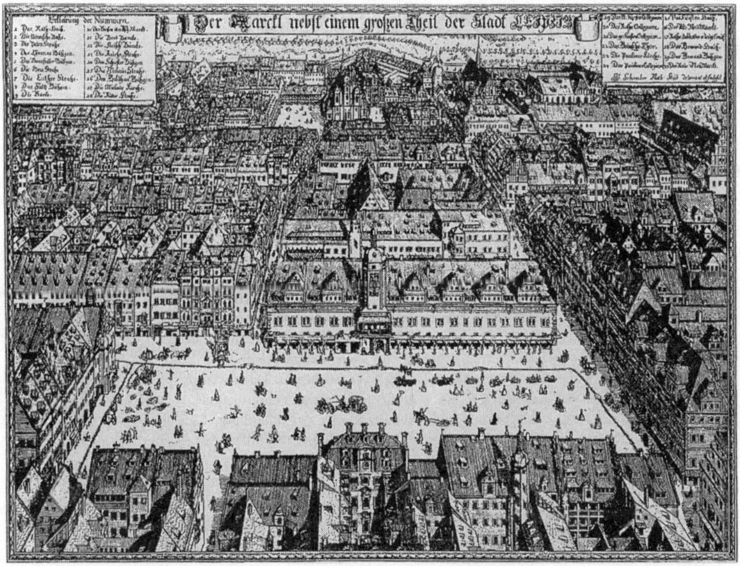


*Der Leipziger Marktplatz mit dem im 16. Jahrhundert erbauten Rathaus, 1712.*

Seiltänzer, Schlangenmenschen, Menageriebesitzer, Guckkastenmänner, Harfenistinnen, Magier, Taschenspieler und Wahrsager buhlen um Gunst und Groschen des Publikums. Es gibt Musikanten und Buden für das Glücksspiel, das nur während der Messen erlaubt ist.

Jede Messe hat ihre besondere Attraktion. Anno 1697 – und man spricht jetzt noch davon – demonstrierte Dr. Eysenbarth, der berüchtigte »Königlich preußische Hofokulist«, mit einem gelungenen Luftröhrenschnitt die Rettung eines Kindes vor dem Erstickungstod. Auch Johann Karl Eckenberg aus Harzgerode ist noch Stadtgespräch. Mit nur einer Hand hatte er eine Kanone von mehr als zweitausend Pfund, auf der ein trommelnder Tambour saß, so lange hochgehalten, bis er ein volles Glas leergetrunken hatte. Seine zierliche Frau tanzte dazu auf dem Seil.

Auch seltsames Getier gibt es zu bestaunen. Löwen und Tiger, ein Elefant ab und zu, ein Stachelschwein und gelehrige Pferde. Wer in diesem Trubel ein Privileg, einen Freibrief des Königs und Kurfürsten besitzt, ist der Konkurrenz immer einen Beutel voller Taler voraus. Nicht nur weil der wohlklingende Titel das Publikum lockt, sondern auch, weil meistens nur eine Komödiantentruppe innerhalb der Stadtmauern gastieren darf – und das ist natürlich immer die privilegierte. Die anderen müssen sich mit den ärmeren Zuschauern in den Vorstädten zufriedengeben.

## *Die neue Bühne über den Fleischbänken oder Der junge Gelehrte erinnert sich*

Friederike Neuber ist nun Prinzipalin. Zwar hat Johann, als Ehemann ihr gesetzlicher Vormund, diese Funktion offiziell inne, aber schon bald zweifelt niemand mehr daran, wer die Gesellschaft tatsächlich führt. Alle Zeitgenossen, die über diese Komödianten schreiben, werden bald nur noch sie, die Frau Neuberin, als Leiterin und Verantwortliche loben – oder beschimpfen.

Nicht nur mit ihrer Spielfreude und dem immer wieder gerühmten Bühnentalent ist sie Mittelpunkt und Autorität ihrer Gesellschaft. Vor allem die unerschöpfliche Energie und große Durchsetzungskraft, mit der sie ihre ehrgeizigen Ziele in Angriff nimmt, machen sie zur Prinzipalin. Sie ist als die einzige Frau überliefert, die in Deutschland ihre Truppe nicht wie »die Veltin« erbte, sondern selbst aufbaute.

Catharina Elisabeth Velten, die Frau des berühmten Prinzipals Magister Velten, der als erster in Deutschland aus künstlerischer Überzeugung Frauen auftreten ließ, leitete nach dem Tod ihres Mannes 1693 fast zwei Jahrzehnte die renommierte Velten'sche Gesellschaft. Es ist schon lange her, daß die Veltin in Armut gestorben ist, aber Friederike hat von ihr gehört und ist beeindruckt. Noch in diesen Jahren wird eine Streitschrift der alten Prinzipalin verbreitet, in der sie sich so bibelfest wie kämpferisch gegen die Verdammung der Komödiantinnen durch die Geistlichkeit wehrte.

Das ist in Friederikes Sinn. Ihr Leben lang wird sie sich um die Anerkennung ihrer Zunft als bürgerlich und sittlich bemühen. Nur so kann sie erreichen, daß auch ihre Kunst als eine ernsthafte akzeptiert wird. Denn solange die Komödianten für lockeres, verderbtes Gesindel gehalten werden, wird auch ihr

Spiel, die Schauspielkunst, nicht als Teil der bürgerlichen Kultur begriffen und geehrt werden. Aber darum kämpft die Neuberin, und das nicht nur mit Feder und Tinte.
Wer zur Neuber'schen Gesellschaft gehören will, muß sich zu benehmen wissen. Die Prinzipalin besteht auf Fleiß und Pünktlichkeit, aber vor allem auf einem untadeligen Lebenswandel. Die unverheirateten Schauspielerinnen leben, egal wo die Truppe gerade gastiert, stets mit ihr in einer Mietwohnung. Sie werden wie Pflegetöchter behandelt oder besser: bewacht. Die unverheirateten Männer sind ihre Kostgänger. Deren mögliche Liebe zu Wirtshausbesuchen und Billardspiel will sie damit in Grenzen halten, und auf diese Weise hat sie sie besser unter Kontrolle. Es gibt keinen Anlaß, zum Essen ins Wirtshaus zu gehen und das Heimkehren zu vergessen.
Besonders schwer haben es die Verliebten. Wenn nicht schnell geheiratet wird, macht sie der Tändelei energisch ein Ende. Sie hat selbst erfahren, wie schnell Menschen verurteilt und verachtet werden, wenn sie sich nicht streng an die engen gesellschaftlichen Regeln halten. Und solange Komödianten gezwungen sind, durch die Lande zu »zigeunern«, weil es in dieser Zeit noch keine festen Stadttheater gibt, werden Phantasie und Urteil der Menschen sie immer als leichtfertig, unmoralisch und sittenlos verdammen. Das Leben der Komödianten wird verachtet – aber es weckt tief in der Seele der ordentlichen Bürger auch Neid auf das vermeintlich so lustige und normenfreie Wanderleben der Vaganten. Die Menschen und ihre Gefühle sind seltsam – was sie heimlich lockt und deshalb in ihrem sicheren, geregelten Leben bedroht, können sie nur in radikaler Ablehnung ertragen. Also ist Friederike eine strenge Prinzipalin.

Jetzt, 1727, ist die Neuberin dreißig Jahre alt. Wie sieht sie aus? Sie wird als temperamentvolle Schönheit gepriesen. Sie ist von schlanker, biegsamer Gestalt, volle blonde Locken um-

*Radierung (1854) nach dem einzigen zeitgenössischen Portrait der F. C. Neuber auf der Schmähschrift von 1744.*

rahmen ihr Gesicht. Die strahlenden Augen, der feste Mund, die hohen Backenknochen verraten Energie. Sie ist eine Persönlichkeit, und das spürt, wer ihr begegnet.
Es ist kein verläßliches Bild erhalten, das zu ihren Lebzeiten entstanden ist. Vielleicht hat es niemals eines gegeben. Unwahrscheinlich, daß sich eine fahrende Komödiantin selbst portraitieren läßt, dazu ist sie kaum reich genug. Überliefert ist nur ihr Portrait auf dem Titelblatt einer im Jahre 1744 auf sie geschriebenen Schmähschrift. Aber wie der Inhalt der Schrift ihrem Leben, so wird auch diese wenig kunstvolle Zeichnung ihres Gesichtes kaum der Realität gerecht worden sein. Dennoch gibt es spätere Abbildungen, die wahrscheinlich verlorengegangene zeitgenössische zur Vorlage hatten.
Kein Bild zeigt Johann Neuber. Groß und hager soll er gewesen sein, blaß und blond. Ein wenig hölzern, eben ein zumindest äußerlich unscheinbarer Mann. Johann steht immer im Schatten seiner Frau. Auf der Bühne ist er vor allem in kleinen, oft sogar stummen Rollen zu sehen: als alter König, Nachbar und Gevatter, als Diener, der die Stichworte für den Fortgang der Handlung zu geben hat. Seine Stärken liegen hinter der Bühne.
Er kümmert sich um die Organisation und oft aufwendige Vorbereitung der Gastspiele in den großen Städten, er schreibt Briefe und Eingaben. Johann ist Friederikes Berater und, wie man heute sagen würde, der Verwaltungsleiter des Unternehmens. Mit seinem ruhigen, bedächtigen Temperament besänftigt er manchen Sturm. Aber dennoch ist er der ewig Zweite.
Über das private Leben des Ehepaars Neuber ist nichts Nennenswertes überliefert. Mag sein, daß sich die beiden in den ersten Jahren perfekt ergänzen. Später, das wird der Fortgang unserer Geschichte zeigen, hadert Johann mit seiner Rolle. Er wird Friederike hintergehen, sich auf die Seite ihres schärfsten Konkurrenten schlagen und so die Neuber'sche Gesellschaft

beinahe in den Ruin treiben. Aber bis dahin sind es noch einige Jahre. Jetzt ist die frohe Zeit des Aufbruchs.

Schon in den ersten Jahren der Prinzipalschaft Friederikes sind etwa zwanzig der besten Schauspieler und Schauspielerinnen Deutschlands in der Gesellschaft versammelt. Die große Zahl zeigt die Bedeutung der Prinzipalin. Die unbedeutenderen »Banden«, die von den zahllosen Komödianten gebildet werden, die im Dunkel der Geschichte in jämmerlicher Armut von Dorf zu Stadt, von Garnison zu Residenz ziehen, haben nur acht, vielleicht zehn Mitglieder.

Schnell hat es sich im ganzen Reich herumgesprochen, daß die berühmte Komödiantin Friederike Neuber die Leitung einer eigenen Gesellschaft übernommen hat. Auch wenn die Komödiantengesellschaften einander nicht sehr oft begegnen, so wissen sie doch über die eigene Zunft gut Bescheid. Sie reisen ständig herum, und die Gasthäuser und Poststationen an den Überlandstraßen sind die besten Nachrichtenbörsen dieser Zeit. Von überall her haben sich ambitionierte Komödianten auf den Weg zu ihr nach Sachsen gemacht. Die beliebte Madame Gründler zum Beispiel, bis ins reife Alter spezialisiert auf die Rolle der sanften Liebhaberin, ist aus Wien gekommen, Johann Friedrich Lorenz, berühmt im Fach des grämlichen Alten, mit seiner Frau aus Frankfurt. Das Ehepaar Lorenz kennt Friederike gut, denn beide waren auch Mitglieder der Haack-Hoffmann'schen Gesellschaft gewesen. Sogar Christian Spiegelberg, Friederikes und Johanns erster Prinzipal, schließt sich mit seiner Frau dem neuen Unternehmen an.

Und schließlich kommt Gottfried Heinrich Koch. Er ist fünfundzwanzig Jahre alt, ein Student der Rechte, der aus Geldmangel die Universität verlassen mußte und mit großem Enthusiasmus in die Neuber'sche Gesellschaft eintritt. Hochgebildet, voller Phantasie und Tatkraft, wird der vielseitig

Begabte mehr als zwanzig Jahre, bis 1748, der Alleskönner sein: Schauspieler, Dekorationsmaler, Bühnenbauer, Kostümentwerfer, Dichter, Übersetzer aus dem Französischen und unersetzlicher Berater. Noch einer, der mehr kann, der wichtiger zu sein scheint als Johann.

Die Namen dieser Schauspieler sagen uns heute wenig. Aber die meisten, die in der zweiten Hälfte des 18. Jahrhunderts in Deutschland am Aufbau eines bürgerlichen Theaters mitgewirkt haben und als erste bedeutende Schauspieler in der Kulturgeschichte verzeichnet sind, sind durch die »Leipziger Schule« der Neuberin gegangen. Sie haben ihre Kunst bei ihr gelernt oder bei Prinzipalen, die einst auf der Neuber'schen Bühne standen.

Zur Ostermesse 1727 spielt die Neuber'sche Gesellschaft zum ersten Mal in Leipzig. Gleich hinter dem mächtigen Rathaus mit seinen Kolonnaden und zahlreichen Giebeln haben Friederike und Johann auf den »Böden über den Fleischbänken«, über den Verkaufshallen der Schlachter, ihre Bühne gebaut. Es ist der erste feste Theaterraum für Berufskomödianten in Leipzig, und es gibt keinen besseren Platz in der ganzen Stadt. Hier, zwischen Naschmarkt und Reichsstraße ganz nahe der Börse, ist auch das Zentrum des Messetrubels. Jeder, der kaufen und verkaufen, der schauen und schlendern will, kommt vorbei. Auch der »Taxistand« ist hier zu finden. Sänften, seit etwa zwanzig Jahren in ganz Europa Transportmittel für die Vornehmen und auch in Leipzig Mode, warten an dieser Stelle auf ihre Kundschaft. Die während der Messe erlaubten achtundvierzig Träger haben viel zu tun.

Von dem Bühnenraum über den Fleischbänken ist keine Beschreibung erhalten. Aber die Neuber'sche wird sich nicht wesentlich von anderen für Wanderkomödianten gebauten Bühnen unterschieden haben. So ist der Raum nicht vergleichbar mit den luxuriösen Theatersälen der Schlösser, in denen

*Wanderschauspieler, wahrscheinlich die Neuber'sche Gesellschaft, im Hof des Nürnberger Fechthauses, um 1730.*

der Adel Ballett und italienische Oper bewundert, in denen bewegliche Kulissen wunderbare Illusionen zaubern und komplizierte Theatermaschinerien Engel, Götter oder die Primaballerina durch die Luft fliegen lassen. Diese Theater sind schlicht. Die Bühne ist ein Podest aus Brettern. An den Wänden, rund um das »Parkett«, steht eine Reihe von Bänken. Dazu ein paar gemalte Kulissen, ein wenig Flitter, so viele Unschlittkerzen, wie die Kasse hergibt. Vor allem durch die Worte der Akteure und ihr aktionsreiches Spiel, durch den Zauber des flackernden Kerzenlichts entstehen die Bilder im Kopf der Zuschauer: »Keine Wendung war so schnell, kein Sprung so weit, daß ihm die Zuhörerschaft nicht willig gefolgt wäre. Ein Darsteller trat auf, als Jäger gekleidet, und begann ›In diesem Wald...‹, und der Zuschauer sah Wald, es pochte von draußen, und er sah den Innenraum, es kam jemand mit einem Licht, und undurchdringliche Nacht lagerte sich über die Bühne. Ja, es genügte, daß zwei Schauspieler miteinander von der einen

Bühnenseite nach der anderen wanderten, und sie hatten sich in Spanien eingeschifft und landeten in Neapel.«[14]
Von den Theatern Frankreichs wird berichtet, daß die Bühne nicht für die Schauspieler reserviert war. Hier wird es kaum anders gewesen sein. Zuschauer, vor allem die vornehmen Gäste, wandern zwischen den Akteuren herum, mittendrin im Geschehen, und den schönen Actricen immer ein wenig zu nah. Das Publikum im Parkett – gewöhnlich stehen hier wegen der größeren Bewegungsfreiheit keine Bänke – nimmt nicht nur regen Anteil am Spiel auf der Bühne. Die Handwerker, Studenten, Soldaten, Literaten, Lakaien und – während der Messe – die Händler aus aller Welt plaudern und lachen. Frauen, schon gar nicht ehrbare, besuchen diese Theater kaum. Da gibt es Streit und Prügelei, Debatten über die Kunst, die neue Frucht Kartoffel oder über die Qualität des Dekolletés der letzten Mätresse des Königs. Da wird gegessen und getrunken, und wenn die Komödianten nicht gefallen, fliegen die Reste auf die Bühnenbretter. Ein Komödiant, der blaue Flecken und überreifes Obst auf dem Seidenkostüm fürchtet, tut gut daran, dem launischen Publikum zu gefallen.

Die Neuber'sche Gesellschaft spielt, so oft sie kann und darf, mit viel Erfolg die beliebten »Haupt- und Staatsactionen«, spielt Possen mit Gesang und Tanz, aber auch ein paar französische Stücke in deutschen Versen.
Die neue Gesellschaft ist schnell Attraktion. Viele erinnern sich noch an das Frauenzimmer in Männerkleidern, das vor drei Jahren die vier Studenten so trefflich spielte. Nun ist sie Prinzipalin und verspricht Überraschungen. Und immer noch spielt sie mit so viel Witz und Tempo, daß selbst diese neuen, recht müden Stücke in Versen kurzweilig erscheinen.
Zu denen, die sich erinnern, gehört auch der Gelehrte Johann Christoph Gottsched.

## *Der moralische Spiegel oder Der Traum von der Comédie Française*

Johann Christoph Gottsched ist erst siebenundzwanzig Jahre alt, aber als Herausgeber der Moralischen Wochenschriften *Die vernünftigen Tadlerinnen* schon ein über Leipzig hinaus bekannter Mann. Der Preuße ist ein Sohn des Pfarrers von Juditten, einem Dorf nahe Königsberg. Vor drei Jahren hat er sich nach dem Studium der Theologie und Philosophie vor den preußischen Werbern nach Sachsen geflüchtet. Das Ostpreußische hat er schnell abgelegt. Er spricht schon reines Sächsisch, denn die Sprache Luthers und der Bibel gilt in den deutschen Ländern am meisten.
Seit einem Jahr, seit 1726, ist er »Senior«, Vorsitzender der *Teutschübenden-poetischen Gesellschaft* in Leipzig, deren Mitglieder die Ausbildung einer allgemeinen hochdeutschen Sprache zum Ziel haben. Frankreich hat schon seit 1694 sein *dictionnaire*, durch das die neufranzösische Sprache verbindlich geregelt ist. In Deutschland gibt es keine einheitliche Sprache. Jede Region hat ihren Dialekt. Ein sächsischer Bauer, ein bayerischer Tagelöhner und eine Hamburger Wäscherin können einander nur schwer verstehen. Der Adel denkt und parliert französisch, die Mehrzahl der Gelehrten verständigt sich in Schrift und Wort im alten Latein, ein stolzes Zeichen ihres Standes. Wer mit der Obrigkeit zu tun hat, benutzt die Kanzleisprache, ein mit unterwürfigen Floskeln und Schmeicheleien gespicktes, nur schwer verständliches Mischmasch aus allem.
Die Sprache ist des jungen Magisters Passion. Je besser, je differenzierter sie ist, desto besser können auch die Gedanken und Einfälle sein. Die Welt wird ja immer größer und komplizierter, und für die Entwicklung kluger Theorien und küh-

ner Pläne in Politik und Philosophie ist eine hochentwickelte Sprache grundlegendes Hilfsmittel. »Die Nationen, deren Sprache wohl ausgeübt und vollkommen gemacht«, hat schon vor dreißig Jahren der Philosoph, Diplomat und geniale Erfinder Gottfried Wilhelm Leibniz zu bedenken gegeben, »[haben] dabei einen großen Vorteil zur Schärfung ihres Verstandes«[15]. Auch für den deutschen Handel und das Ausfertigen von Verträgen wäre es dienlich, eine allgemein verständliche und gültige Sprache zu haben.

Gottscheds Moralische Wochenschriften werden in jedem gebildeten Leipziger Haus gelesen. Publikationen dieser Art sind jetzt in Zentraleuropa sehr populär. Ihr Name ist Programm: Die Autoren wollen das Bürgertum zu guter Gesinnung und moralischer Haltung erziehen. Der Ton ist launig. In Form der Satire, des erbaulichen und belehrenden Dialogs, der moralischen Erzählung oder Allegorie, des Briefes oder Traumes wird von den schönen Künsten, den Wissenschaften und der Philosophie berichtet. Der Autor gibt sich meistens nicht nur ein Pseudonym, sondern erscheint als eine oder mehrere fiktive Personen. Gottsched, Schriftsteller der Frühaufklärung mit geradezu missionarischem Eifer, wählt als fiktive Autorinnen für seine Artikel *Die vernünftigen Tadlerinnen*, die seiner Wochenschrift auch den Namen geben. Nicht nur, weil er durch den vermeintlich weiblichen und deshalb nicht ganz ernstzunehmenden Standpunkt seiner Artikel hofft, die Zensur abzulenken, sondern auch, weil ihm die Bildung der »Frauenzimmer« ein Anliegen ist. Und so belehrt er seine Leserinnen und Leser auch über »Weibersachen«: Kindererziehung, Aberglauben, Heuchelei und Müßiggang. Nicht nur die Damen lesen ihn mit Begeisterung.

Gottsched ist kein Revolutionär. Zwar kritisiert er das Wohlleben des Adels und das mystische Weltbild der Kirchen, aber letztendlich tastet er die bestehende Gesellschaftsordnung nicht an. Er hat Ärger mit der Zensur, aber er ist weder ein

Vorkämpfer gegen die Unterdrückung des Volkes noch für die Emanzipation der Frauen. Sein Ziel ist, »die Unvernunft und das Laster auszurotten; hingegen Verstand und Tugend unter meinen Landesleuten zu befördern«.[16]

Auch unter den Frauen, aber nicht zu sehr. Nach Gottscheds Vorstellung muß ein Weib wohl gerecht behandelt werden und »vernünftig« gebildet sein, aber – und das wird auch seine spätere Ehefrau, die kluge Luise Adelgunde Kulmus bitter zu spüren bekommen – dem Mann hilfreich und anregend zur Seite stehen. Mehr nicht.

Der Magister Gottsched ist ein Schriftsteller, und anders als die meisten Gelehrten seiner Zeit sieht er auch im Theater eine Kunst, die menschliche Vernunft und Moral zum Besseren befördern kann. Wenn nur das Theater selbst moralischer wäre!

Die Neuber'sche Komödiantengesellschaft ist für ihn eine Offenbarung. Er hat so viele ihrer Aufführungen gesehen, wie ihm möglich war. Vor allem die neuen aus dem Französischen übersetzten Stücke begeistern ihn: der *Regulus* von Pradhon, *Alexander und Porus* von Racine, der *Brutus* und insbesondere die »in viel reinere und angenehmere Verse« übersetzte Tragikomödie *Cid* von Corneille. Schon lange »schmerzt« es ihn, »die deutsche Bühne noch in solcher Verwirrung zu sehen«[17], während die französischen Dichter schon vor Jahrzehnten das Theater zur bürgerlichen Kunst erhoben haben. Er hat deren Werke gelesen und darin das Vorbild für ein deutsches Nationaltheater erkannt. Die klassisch-griechische Einheit von Ort, Zeit und Handlung ist das Grundprinzip dieser Theaterliteratur: Die dargestellte Geschichte darf sich nur zwischen Sonnenaufgang und -untergang, an einem Ort und ohne Nebenhandlungen abspielen. Die Personen müssen gradlinige Charaktere ohne Brüche und Zweifel sein, denn nur so seien sie der Natur nachgebildet. Nicht mehr die spontane, regellose Prosa, sondern die gebundene Rede, in schleppenden Alex-

andrinern vorgetragen, gilt ihm als das Höchste, das Vornehmste in der Theaterkunst.
Die extemporierten Burlesken und Schauerdramen verachtet er ebenso wie die Opern, die für ihn nicht viel mehr sind als luxuriöse Hanswurstiaden mit Musik und Flugmaschinen, »denn sie sind keine Nachahmungen der Natur«.[18] Die »geregelte« Tragödie verehrt er nicht nur wegen der klaren Sprache der Verse, sondern vor allem wegen des lehrreichen, moralischen Beispiels, das sie dem Publikum gibt. Sie »ist also ein Bild der Unglücksfälle, die den Großen dieser Welt begegnen und von ihnen entweder heldenmütig und standhaft ertragen oder großmütig überwunden werden. Sie ist eine Schule der Geduld und Weisheit, eine Vorbereitung von Trübsalen, eine Aufmunterung zur Tugend, eine Züchtigung der Laster. Die Tragödie belustiget, indem sie erschrecket und betrübet. Sie lehret und warnet in fremden Exempeln; sie erbauet, indem sie vergnüget, und schicket ihre Zuschauer allezeit klüger, vorsichtiger und standhafter nach Hause.«[19] Auch Komödien sind erlaubt, wenn sie nach den Regeln geschrieben sind, allerdings dürfen sie nicht von Fürsten, sondern nur von Bürgerlichen handeln. Strenge Regeln, aber Regeln gehen ihm über alles.
Auf der Neuber'schen Bühne hat er einen Anfang für eine solche Schauspielkunst gesehen, der ihn hoffen läßt. Er sucht Gehilfen, Werkzeuge zur Verwirklichung seiner Pläne für ein klassisches deutsches Theater. Hier, so glaubt er, hat er die besten gefunden, die zu haben sind. So macht der Gelehrte sich während der Ostermesse 1727 auf, um die Komödianten für seine Ziele zu gewinnen.

Wie mag diese erste Begegnung gewesen sein? Haben sie sich gleich nach einer besonders gelungenen Vorstellung getroffen: der aufgeregte Magister mit der weißen Alongeperücke, die Komödianten Friederike und Johann Neuber, noch erschöpft

vom stundenlangen Spiel im von Kerzendunst und Tabakschmauchen stickigen Saal? Sicher haben sie *Coffee* getrunken, die Saison ist erfolgreich genug für das teuere exotische Getränk, oder ein wenig sauren Most von den sächsischen Weinbergen. Nur ein wenig, der Magister ist ein mäßiger Mensch. Trunksucht gilt ihm als ein schweres Laster.
Johann und Friederike fühlen sich geehrt durch den Besuch eines so gelehrten Mannes, und sein Lob ist wie ein Lorbeerkranz. Gottsched ist voller Enthusiasmus. Die bisher übersetzten Verse erscheinen ihm zwar »ziemlich rauh«, aber das kann man ändern, besser machen. Wichtig ist, daß er einen neuen Prinzipal gefunden hat, der »nebst seiner geschickten Ehegattin, die gewiß in der Vorstellungskunst keiner Französin oder Engelländerin etwas nachgibt, mehr Lust und Vermögen hatte, das bisherige Chaos abzuschaffen und die deutsche Comödie auf den Fuß der französischen zu setzen«.[20]
Er bietet Friederike und Johann seine Unterstützung an, schlägt ihnen für die Zukunft eine enge Zusammenarbeit vor. Das ist ein unerhörter Glücksfall. Auch sie verehren ja das französische Theater und wollen es wie Gottsched und seine Anhänger zu einem deutschen machen. Friederike hat nicht nur die Stücke, sie hat auch das Spiel der durchziehenden französischen Truppen genau beobachtet. Sie hat von ihnen die abgezirkelten heroischen Bewegungen und die Mimik gelernt, das Deklamieren der schweren Alexandriner. Pathetisch, pompös, manieriert? In dieser Zeit gilt das als feierlich und vornehm. Die Geschichten, die die fremden Truppen spielen, diese Dramen zumeist hochgeborener Menschen und unberechenbarer Götter, diese Schicksalsspiele um Ehre und Verrat, um Macht, Liebe, die ewige Frage nach Recht und Unrecht gefallen ihr. Sie erscheinen ihr nicht nur als wahre Kunst, sondern auch als das gute Beispiel, das der Menschen Herz und Denken so ergreift, daß sie sich zum Besseren wandeln.

Die Neubers träumen von einem festen Komödienhaus, das wie die Comédie Française in Paris Treffpunkt für die elegante und gebildete Gesellschaft ist. Und nun kommt ein Gelehrter, ein Mitglied dieser feinen Gesellschaft, und bietet ihnen tatkräftige Unterstützung an. Das ist ein großer Schritt zum Ziel – und zugleich eine kleine Öffnung der bis dahin fest verschlossenen Tür zum Bürgertum. Sie werden sich schnell einig, erkennen im anderen den, der noch fehlt zur Verwirklichung der eigenen Träume von der großen Theaterreform.

So beginnt während dieser Ostermesse zu Leipzig die Zusammenarbeit der Theaterprinzipalin Neuberin mit dem gelehrten Magister Gottsched. Ein ungleiches Paar, aber es wird Theatergeschichte machen. Geschichte machen ist ein undankbares Geschäft – das weiß die Neuberin jetzt noch nicht.
Der Magister und die Prinzipalin – zwei, die ein Ziel haben, die gleichermaßen ehrgeizig und selbstbewußt, gleichermaßen Autorität sind. Ob das trotz aller gemeinsamer Ideale gut gehen kann, wird niemand gefragt haben. Sie wollen eine Theaterrevolution anzetteln – und das vermag keiner ohne den anderen. Was kann Gottsched erreichen, wenn er keine Komödiantentruppe hat, die seine Theorien in die Praxis umsetzt? Was kann die Neuberin erreichen, wenn sie keinen hat, der für ihre Bühne gute deutsche Stücke liefert, niemanden, der die Brücke bildet zwischen der Komödiantin und den Bürgern?
Nun fehlen also nur noch neue Übersetzungen französischer Stücke, oder besser noch: neu erdichtete Schauspiele in Versen von deutschen Poeten. Gottsched verspricht beides. Nicht nur selbstverfaßte Übersetzungen und Neudichtungen stellt er in Aussicht, auch wolle er umgehend »ein paar gute Freunde und geschickte Mitglieder der deutschen Gesellschaft [gemeint ist die *Teutschübende-poetische Gesellschaft*, die später in *Deutsche Gesellschaft* umbenannt wurde] allhier [anspornen],

dergleichen zu tun«[21]. Als absoluter Rationalist zweifelt er nicht daran, daß überall im Land neue Dichter bereitstehen. Er glaubt nicht, daß poetische Talente zum Tragödienschreiben nötig sind. Man müsse sich nur an die Regeln halten und alle Verse in fünf etwa gleich lange Akte aufteilen, dann ergäben sich schon gute Schauspiele.
Nach einem Jahr liegen die Manuskripte von acht übersetzten Stücken im Kasten der Prinzipalin. Ein Schatz, aber kein gro ßer – das Publikum erwartet schließlich jeden Tag ein anderes Programm.
Schon die ersten Aufführungen – vor allem der von einem Nürnberger Ratsherren mit poetischen Ambitionen übersetzte *Cinna* von Corneille – sind in Leipzig ein vielversprechender Erfolg. Gottsched ist stolz. Aber die Neuberin kennt die Welt, sie weiß, daß das Publikum launisch ist. Und daß der Zauber des Theaters ohne genug Flitter und Pracht auch bei noch so vornehmen Versen schnell vergeht.
Also beschafft die »geschickte« Prinzipalin neue Kostüme. Sie kennt den Dresdener Hofpoeten und Zeremonienmeister Johann Ulrich König. Vor Jahren hat sie in einem seiner ersten dramatischen Versuche auf der Haack-Hoffmann'schen Bühne gestanden. König ist ein eitler Mensch, und so bittet sie ihn, eine alte Übersetzung des *Regulus* von Pradhon zu verbessern, die Verse schön, die Sprache poetisch zu machen. Das – so hofft sie – hilft ihrer Kunst und schmeichelt dem Poeten. Ein Fürsprecher am königlich-polnischen kurfürstlich-sächsischen Hof kann nur von Vorteil sein.
Ihre Rechnung geht auf: Der Hofpoet liefert die überarbeiteten Verse schnell. Und damit »sein« Stück recht tüchtig glänzen kann, verschafft er ihr auch neue Kostüme – abgelegte Kleider der Damen und Herren am Hof. Aber wenn die Seidenroben und Spitzenhemden, die Perücken, Reifröcke, Umhänge, Hüte und damastbezogenen Schuhe auch schon ein wenig verschlissen und schmutzig überbracht werden, sind sie

für die Komödianten doch kostbar wie Juwelen. Kostüme waren von jeher der wertvollste Besitz der Komödiantengesellschaften. Sie machen die Bühne bunt und die Phantasie weit – und lassen sich gut versilbern, wenn die Zeiten hungrig sind.

Königs Dicht- und Übersetzerkunst ist nicht groß. Er dichtet ein wenig platt und »wässerig«, so urteilt jedenfalls das *Theater-Journal von Deutschland.* Aber die Leipziger sind beeindruckt von dem Neuen, das hier zu sehen und zu hören ist. Und Gottscheds eifrig verbreitete Nachricht, an alledem sehe man, daß der Dresdener Hof sich von der italienischen Oper abwende und nunmehr die französische Reform des deutschen Schauspiels unterstütze, tut ein übriges. Leipzig klatscht, und der Anfang ist gemacht.

## *Glänzende Jahre oder Warten auf die Post aus Leipzig*

»HochEdler, Hochgelahrter, Insonders Hochgeehrtester Herr und Gönner!
Da nunmehro der Tag erschienen an welchen ich ohnfehlbar das Ende der beyden Tragödien erhalten sollen, so wundere mich nicht unbillig, warum es doch geschehen mag. [...] Es sollte mich doch dauern und zwar billig wenn ich mit beyden Stücken bei der Nase herumgeführet und alle angewendete Mühe umsonst wäre. Sauer wird mir's nun ohnedem schon gemacht. Die Feyertage gehen vollends hin, daß man nichts schreiben und austheilen kan, hernach wenn wir täglich agiren müssen, so läßt sichs nicht ohne Mühe doppelt arbeiten, nehml. was neues schreiben, lernen, versuchen u. dergl. und auch auf das Stück denken welches man den Tag aufführen soll. Bitte also, so sehr ich kan mir hierinnen behülfflich zu seyn, und wie mich nebst meiner Frauen zu beharrlicher Gewogenheit bestens empfehle, also verharre auch wie ich bin

Erw. Hochedl. Meines Hochgeehrtesten Herrn
gehorsamster Joh. Neuber

Merseburg, am ersten Oster Tag früh wie die Kutsche von Leipzig ankam, u. keine Tragödien mitbrachte die versprochen waren. Im rothen Hirsch, 1730«[22]

Johann Neuber, der stets ruhige, diplomatische, ist wütend. Nur mühsam kann er seine Gefühle in diesem Brief zurückhalten. Seit drei Jahren sind der Magister Gottsched und das Ehepaar Neuber nun Verbündete. Aber allen Versprechungen zum Trotz hält der Gelehrte seinen Teil der Abmachungen nicht ein. Die neuen Stücke, die er zugesichert hatte, die Dra-

men und Komödien in Versen und nach dem klassischen Prinzip, lassen stets auf sich warten. Er hat Wichtigeres zu tun. In diesem Jahr ist er außerordentlicher Professor »für Poesie und Beredsamkeit« an der Universität Leipzig geworden. Auf der Herbstmesse 1729 hat er sein literaturtheoretisches Hauptwerk *Versuch einer Critischen Dichtkunst vor die Deutschen* vorgestellt. Auch wenn er ihre Schauspielkunst darin über die Maßen lobt, hat die Neuberin davon wenig. Für die Stücke wolle er schon sorgen, hatte Gottsched damals in Leipzig versprochen, er und seine Freunde von der *Deutschen Gesellschaft*. Man wolle fleißig übersetzen und dichten, die Neuberin möge sich mit ihrem Mann und den Acteures nur um das Spiel bemühen, möge mit Eifer die richtigen Gebärden, das Sprechen von Versen im feierlichen Alexandriner-Maß üben. Dann werde schon alles vorangehen.
Es geht wenig voran. Immer wieder muß Johann, in diesen ersten Jahren stets der Briefeschreiber, Tintenfaß und Feder aus dem Kasten holen. Viele Briefe gehen hin und her. Der Kontakt ist schwierig, denn die Neuber'sche Gesellschaft ist ja immer unterwegs. Sie spielt in Blankenburg im Harz und in Freiberg am Rande des Erzgebirges, in Hamburg, Hannover, Braunschweig, Weißenfels und Merseburg, in Wittenberg und sogar im fernen Nürnberg. Und natürlich immer wieder in Leipzig.
Die langen Reisen mit gemieteten Fuhrwerken bei Sonne, Regen, Schnee und Wind sind mühsam. Hausrat, Kostüme, Kulissen und persönliche Habe schwanken hoch aufgetürmt auf den Karren. Die Schauspieler gehen meistens nebenher, memorieren ihre Texte, üben die Lieder und geben acht, daß keine Kiste herunterfällt. Den schnell vorbeirollenden Postkutschen, den prächtigen, gut eskortierten Karossen der Adeligen und Patrizier auf ihrem Weg zwischen Höfen und Residenzen, können sie nur einen sehnsüchtigen Blick nachwerfen. Immerhin: Zumindest in Kursachsen muß kein Rei-

sender mehr Sorge haben, sich zu verirren. Die in den letzten Jahren entlang der Straßen errichteten Meilensteine weisen den Weg auch bei schlechtestem Wetter.
Es sind bei aller Ungeduld hoffnungsvolle Jahre. Aber an diesem ersten Ostertag 1730, an dem die Postkutsche aus Leipzig wieder kein neues Stück brachte, muß heftig Stimmung gewesen sein unter den Schauspielern. Friederike, gefürchtet für ihr aufbrausendes Temperament, für ihre raschen zornigen Entschlüsse, tobt. Sie kann nicht wie die Herren in Leipzig in der Gelehrtenstube sitzen, sinnend Federkiele spitzen und nach den richtigen Worten suchen. Sie muß spielen, um ihr Brot und das ihrer Leute. Sie muß Unterkünfte und jede Woche Löhne bezahlen. Kohlhardt zum Beispiel bekommt fünf Gulden, die Anfänger nur zwei, aber die Verheirateten ebensoviel als Zulage. Koch, der Unentbehrliche, verdient sogar neun Gulden. Die Spielerlaubnis, die in jeder Stadt, in jedem Dorf stets neu beantragt werden muß, kostet Gebühren. Kerzen, Tinte und Papier für die Rollenabschriften und Theaterzettel, Ersatz für die Kostüme, Farbe für neue Kulissen – das alles ist teuer. Auch wenn ihre Eintrittspreise relativ hoch sind – bis zu zwei Mark für die ersten, acht Schillinge für die letzten Plätze –, auch wenn Diener ohne Bezahlung nicht eingelassen werden, braucht die Neuberin stets ein volles Theater, wenn sie keine Schulden machen will. Sie muß oft Schulden machen.
Daß Gottsched sein Versprechen, fleißig neue Theaterstücke zu liefern, nicht hält, macht die Situation noch schwieriger, und daß er »Liefertermine« nicht ernst nimmt, bringt ständig die Theaterplanung durcheinander.
An Sonn- und Feiertagen, also auch Ostern, ist Spielverbot für Komödianten; das ist die beste Zeit für das ungewohnte Auswendiglernen. Und jetzt sind die stillen Tage wieder nutzlos gewesen und vertan, weil Gottsched keine Post geschickt hat. Wenn die Stücke nun kommen, irgendwann in den nächsten Tagen oder Wochen, bleibt für die Arbeit an den neuen Versen

nur die Nacht. Aber wie sollen die Komödianten selbst die munteren Burlesken, immer gut für eine volle Kasse, mit dem nötigen Temperament auf die Bretter bringen, wenn sie müde sind vom Lernen bei dem gelben Licht einer Talgkerze? Wie einfach waren doch die Zeiten ohne Theaterregeln, ohne Verse, in denen jedes Wort seinen Platz haben muß!

Das Warten auf die Postkutsche, auf einen Boten mit Post aus Leipzig, wird kein Ende haben, solange der Magister und die Komödiantin Verbündete sind. In jeder Stadt wird sie auf die eng mit Versen beschriebenen Bögen hoffen.

Doch Friederike verläßt sich nicht allein auf Gottsched. »Monsieur Koch ist sehr fleißig im Übersetzen...«, schreibt Johann aus Hamburg nach Leipzig.[23] Koch versteht sich besser auf die Poesie als der Gelehrte Gottsched. Das hat Friederike schnell gemerkt. Gottsched ist ein pedantischer Mensch. Er übersetzt zwar nicht fleißig, aber doch genau. Zu genau. Wort für Wort überträgt er ins Deutsche, nicht das Gefühl ist wichtig, sondern die Akkuratesse. Wo die Musik der französischen Sprache die Verse leicht macht, wiegt die behäbige deutsche Sprache schwer und läßt die oft so hölzern übersetzten Verse noch zäher und trockener geraten.

Die notwendige Kritik an dem wichtigen Mann wird geschickt verpackt: »Ingl. sagte mir ein Schwedischer Cavalier, der auch so zieml. was gelernt zu haben scheinet, [...] künfftig solten wir den Übersetzern rathen, die frantzösischen Gedanken erst zu ihren eigenen zu machen und zu versuchen ob das Wort was in frantz. Zärtl. in deutschen auch Zärtl. klinge, und wenn es nicht von Wort zu Wort anginge, solte man sich nur mit denen Gedanken vergnügen [...], so würde alles vortreffl. werden müssen. Die Verse gefallen, aber man klagt nur über eine gewisse unbekante versteckte Dunkelheit welche veruhrsachet daß der Zuhörer nicht so gleich alles verstehen kan was gesaget wird. Man muß Gedult haben mit der Zeit wird sichs geben.«[24]

Es wird sich nie geben. Gottsched mag ein großer Gelehrter sein, vielleicht sogar ein Dichter – ein Poet ist er nicht.

Dem Publikum sind solche Schwierigkeiten egal. Das liebt die lustigen Stücke sowieso mehr als die gereimten Tragödien. Die französischen Schauspiele machen die Neuber'sche Truppe vielleicht berühmt – aber allein nicht satt. Dazu ist diese Kunst zu elitär. Die Menge geht nur wegen amüsanterer Spiele ins Theater. Und davon hat Friederike viele im Repertoire. Meistens handeln sie von Liebe, List und Unvernunft, aber einige entspringen auch den aktuellen Fragen der Zeit. Der abenteuerliche Roman des englischen Dichters Daniel Defoe *Robinson Crusoe* ist auch in Deutschland ein vielgelesenes Buch. Der Sklavenhandel in Amerika beschäftigt die Diskussionszirkel – auf der Leipziger Messe ist »der Verkauf von Negern« verboten –, und die Kunde von den wilden Indianern beflügelt die Phantasie.
1732 zeigt die Neuberin in Hamburg »ein neues lustiges Stück«. Es heißt »Der Wilde oder Die ungekünstelten Einfälle eines wilden Amerikaners über die Sitten unserer Zeit«[25]. Auf den Theaterzetteln, die die Komödianten in der Stadt verteilen, ist von der Handlung zu lesen: »Die Beschreibung des Wilden von seinem Vaterlande / Die Verwunderung über das Schiff, auf welchen er nach Deutschland gebracht worden, imgleichen über unsere Waaren und Handel mit, und ohne Geld etc. etc. / Die seltsamen Gebräuche der Wilden bey Verlöbnißen und Hochzeiten / Die besondere Freude des Wilden über das Geheimnis des Spiegels, welches er nicht begreiffen kan, und was dergleichen mehr ist.«[26]
Die Schaubühne, so wird gleichzeitig an den Lokalpatriotismus appelliert, werde eine Gegend zeigen, »wo man die Schiffe auf der Elbe und dabey die Stadt Hamburg siehet«[27]. Koch hat wieder neue Kulissen gemalt.
Es ist nicht überliefert, wie die Hanseaten auf die lustige Ge-

*Hamburg um 1751 von der Alsterseite. Am rechten Ufer der langgestreckte Ziegelbau des ersten Opernhauses, in dem auch die Neuber'sche Gesellschaft spielte.*

schichte vom naiven Wilden und seiner Begegnung mit der deutschen Zivilisation reagiert haben – unter den Schauspielern löst das Stück heftige Diskussionen aus. Die Auseinandersetzung über den Sinn eines Spiels, seine Moral und die Regeln der sich immer stärker entwickelnden deutschen Hochsprache gehören bei der Neuber'schen Truppe ebenso zu den Proben wie das Üben heroischer Gebärden.

»Ich streite mit Jemand«, schreibt der Schauspieler Michael Türpe an Gottsched mit der Bitte um Entscheidung der Frage in der *Deutschen Gesellschaft*, »ob ein Americaner, der in der Wildnis lebt, und dem kein Gesez gegeben worden ist, mit einem Worte: Ein Wilde oder Wilder genennet wird. Das erste: Ein Wilde habe ich vertheidiget. Welchem Gesetze vorgeschrieben sind, und doch mit Willen darwieder handelt, der ist ein wilder. Welchem aber kein Gesez gegeben ist, weder ein geschriebenes noch gesagtes, und auch nach keinem wißentlich thut, Den nenne und schreibe ich zum Unterschied des vorigen ohne R: ein Wilde.«[28] Eine skurril anmutende Debatte!

Die Vorbereitung neuer Stücke dauert bei den Neuber'schen

Komödianten oft lange. Anders als bei anderen Gesellschaften gehören hier die Proben, das Einstudieren von Text, Ausdruck und Gebärde zum Alltag. Und immer wieder ziehen sich die Proben hin, weil Fragen der Sprache und ihrer Bedeutung die Gemüter bewegen. Es sind Fragen, die aus einer neuen Art zu denken entstehen, die man später als die der Aufklärung, des Zeitalters der Vernunft, bezeichnen wird. Türpes Brief an Gottsched zeigt die verschlungenen Wege zur Übereinstimmung von Gedanken und Sprache. Ist einer ohne Gesetzbuch überhaupt ein Mensch? Kann das in der Sprache mit einem Buchstaben entschieden werden? Und mit welchem Buchstaben? Später, wenn die Geschichtsbücher über diese Zeit geschrieben werden, wird man Friederike Neuber für die Verbannung des Hanswursts und die Einführung und Pflege des heroischen Klassizismus je nach Zeitgeist loben oder ächten. Aber auch hinter den Kulissen der Neuber'schen Bühne findet mehr statt als Theater, auch dort wird an der kulturellen Entwicklung ganz praktisch mitgearbeitet.

Die Neuber'sche Gesellschaft ist längst bekannt. Der Name steht schon im ganzen Land für gute Unterhaltung und Vergnügen. Ab und zu sind sie sogar zu Gast in den Residenzen. Einige Städte jedoch verweigern ihnen nach wie vor die Spielerlaubnis. Auch wenn die Neuberin noch so ausführlich erklärt, sie habe den unflätigen Hanswurst ganz aus ihrem Theater verbannt und auch die Mitglieder ihrer Gesellschaft bestrebten sich des besten Lebenswandels, bleibt der puritanische Stadtrat Bremens stur und das Tor verschlossen. Als wenig später während eines Gastspiels anderer Wanderkomödianten der Blitz in den Bremer Pulverturm einschlägt, triumphiert die Geistlichkeit: Ein Gottesgericht! Zehn Jahre lang darf danach kein Komödiant die Stadt betreten.
Auch in Wittenberg, als Lutherstadt berüchtigt für seinen pietistischen Geist, ist Friederike mit ihrer »Bande« nicht will-

kommen. Aber sie wehrt sich energisch. Schließlich hat sie das königlich-kurfürstliche Privileg, das ihr in Sachsen die Spielerlaubnis zumindest für einige Tage garantiert. Ihre Beschwerde beim Landesherren hat Erfolg: Auf königlichen Befehl wird der Rathaussaal für ihre Bühne geöffnet.
Trotz aller Schwierigkeiten – die Neuber'schen Komödianten haben Erfolg, besonders mit ihren »verfeinerten« Komödien und Burlesken, in denen besonders die Prinzipalin immer wieder bejubelt wird. Die neuen geregelten Stücke werden bestaunt – vor allem von gebildeten Bürgern, den Beamten und Adeligen, die sich nun in den Städten in ihr Theater wagen –, aber doch allgemein als ein wenig ermüdend empfunden. Ein unsinnliches und deshalb zweifelhaftes Vergnügen, dieses stundenlange heroische Deklamieren so ganz ohne Gesang und Tanz, ohne Schabernack und Zaubergewitter.
Über Jahrzehnte war »das Französische« in Kultur und Lebensart für Zentraleuropa Vorbild und Richtschnur, und so bleibt es für Gottsched und die Neuberin das Ideal. Es braucht schon einen sehr rebellischen Denker und Literaten und ein wenig mehr Zeit, um zu erkennen, »daß wir mehr in den Geschmack der Engländer als der Franzosen einschlagen [...] daß das Große, das Schreckliche, das Melancholische, besser auf uns wirkt als das Artige, das Zärtliche, das Verliebte [...] Wenn man die Meisterstücke des Shakespeare, mit einigen bescheidenen Veränderungen, unsern Deutschen übersetzt hätte, ich weiß gewiß, es würde von bessern Folgen gewesen sein, als daß man sie mit dem Corneille oder Racine so bekannt gemacht hat.« So wird Gotthold Ephraim Lessing etwa ein Vierteljahrhundert später im siebzehnten seiner »Briefe, die neueste Literatur betreffend« schreiben. Seine Erkenntnis ist Teil einer harschen Kritik an Gottsched, und zugleich ist sie einer der wichtigsten Schlüssel zur Deutung des künstlerischen Schicksals der Neuberin.

## *Der Hanswurst hat mächtige Freunde oder Soldaten für die Prinzipalin*

1733 stirbt August der Starke, ausgerechnet im Februar, während des Karnevals! So recht trauern mag niemand. Der sächsische Kurfürst, dem seine Zeitgenossen mehr als dreihundert nichteheliche Kinder nachsagen, war gar zu verschwenderisch gewesen. Viele Millionen hatte er in seine berühmten Kunstschätze, in die Verwandlung des alten Dresden zum »Elb-Florenz« und in den Auf- und Umbau seines neuen Königreiches Polen gesteckt. Alle Herrscher plündern Land und Untertanen aus, aber August war darin besonders gründlich gewesen.

Für Friederike Neuber und ihre Komödianten bedeutet dieser Tod ein monatelanges Spielverbot in Sachsen, denn während der Staatstrauer ist jede Form öffentlichen Amüsements strikt untersagt. Vor allem aber erlischt mit dem Tod des Landesherren das von ihm gewährte Privileg. Die Neuber'sche Gesellschaft ist nun keine Gesellschaft von Hofkomödianten mehr, hat nicht mehr unangefochten die Erlaubnis, in Sachsens Städten spielen zu dürfen. Nun kann sich wieder jeder Stadtrat weigern, der Neuber'schen Gesellschaft das Tor zu öffnen.

Besonders für die Messezeiten in Leipzig ist das Privileg bares Geld: Meistens erlaubt der Rat nur einer Theatergesellschaft, innerhalb der Mauern zu spielen. Wer das Privileg hat, ist auf kurfürstlich-königlichen Befehl nicht nur bevorzugt zu behandeln, sondern darf auch ein oder zwei Wochen vor und nach den Messen »Komödie spielen«. Diese Vergünstigung ist besonders begehrt, denn in keiner anderen Zeit fließt so viel Geld in die Kasse.

Für gewöhnlich reist die Neuber'sche Gesellschaft nach der

ebenfalls lukrativen Karnevalszeit nur durch Sachsen, um ohne große Wege rechtzeitig zur Ostermesse wieder in Leipzig zu sein. Aber nun ist für viele Wochen Trauerzeit, und die Neuber'schen Komödianten gehen wieder außerhalb Sachsens auf Wanderschaft. Sie spielen in Hamburg, Braunschweig, Blankenburg und Lüneburg. Sie machen sich keine Sorgen, denn mit einem vom sächsischen Oberhofmarschall Löwendal ausgestellten »Interimsdecret« in der Tasche scheint ihnen die Verlängerung ihres Privilegs durch Augusts Sohn und Nachfolger Friedrich August II. sicher.

Ein fataler Irrtum. Im Sommer taucht eine mächtige Konkurrenz in Leipzig auf. Joseph Ferdinand Müller, der berühmte Hanswurst, meldet im August für sich und seine neu gegründete Komödiantengesellschaft Anspruch auf das Privileg an. Mit Erfolg! Als die Neuberin zur Michaelismesse Mitte September mit ihrer Truppe in Leipzig eintrifft, ist ausgerechnet der deftigste unter den Hanswursten seit wenigen Tagen im Besitz des Privilegs. Jetzt ist Müller »königlich-polnischer und churfürstlich-sächsischer Hoff-Comoediant«. Aber damit nicht genug. Auch ihre Bühne auf den Böden über den Fleischbänken will er haben. Diese Spielstätte, so behauptet er, sei mit dem Privileg untrennbar verbunden.

Seit Jahren hatte die Neuber'sche Schaubühne hier ihren festen Platz. Dieser Theaterraum, warm, trocken und im Zentrum von Stadt und Messetrubel, ist Garant für gute Einnahmen, und Friederike und Johann haben einige hundert Reichstaler in den Ausbau investiert. Müller weiß das genau, und er will alles. Er hat zwei gute Gründe. Da ist das Renommee der Bühne, die gute Lage. Und da ist seine eiserne Entschlossenheit, über die Neuberin, dieses stolze Weib, zu triumphieren. Sie ist nicht nur seine schärfste Konkurrentin, sie ist auch aus persönlichen Gründen seine Feindin. Er war einst der Hanswurst ihrer Gesellschaft, und sie hat ihn, der von

*Joseph Ferdinand Müller, der Gegenspieler der Neuberin, als Harlekin des 18. Jahrhunderts.*

ihren avantgardistischen Ambitionen nichts hält, »seines ungebührlichen und wiederspenstigen Bezeigens halber vor einigen Jahren«[29] entlassen.
Es entbrennt ein bitterer Krieg um eine Pfründe, und zugleich ist es der Kampf zwischen zwei Theaterrichtungen: der althergebrachten mit ihrem Hanswursttheater, der neuen mit ihrem Streben nach Vernunft und hehren Idealen. Reines Vergnügen und derber Spaß gegen lehrreiche Kunst und galanten Witz. Müller hat mächtige Freunde. Er spielt in diesen Monaten oft im Dresdener Gewandhaus und zweimal sogar im Schloß vor dem jungen Herrscherpaar. Sein Harlekin Johann Christoph Kirsch, »klein und lustig«[30], wird bei den »Carnevalslustbarkeiten bei Hofe« oft als Spaßmacher engagiert und später sogar zum fest besoldeten Hofkomödianten erhoben. Müller ist also nicht nur beim Volk, sondern auch am Hof ein beliebter Komödiant.
Obwohl Prinzipal Müller mit dem Privileg kurfürstlich-königliche Protektion genießt, schlägt sich der Leipziger Rat jedoch auf die Seite der Neuberin und verweigert selbst nach einer Anordnung vom Dresdener Hof die Freigabe des Theaters. Ein monatelanger zäher Streit beginnt. Viele Seiten lange Anträge, Eingaben und Protestschreiben gehen zwischen Dresden und Leipzig hin und her.
Diesmal füllt nicht Johann, der ewige Schreiber, die Bögen Pergament, sondern Friederike selbst verfaßt die Briefe in der komplizierten Kanzleisprache. Sie ist auch darin geschickt, versteht sich als Notarstochter auf die Sprache der Juristen und trifft den notwendigen Grad an Demut, so wie es schicklich ist in dieser Zeit. Aber auch ihre Empörung und die Überzeugung von dem Wert ihrer Leistung werden in ihren Worten spürbar. Immer hatte sie gehofft, für ihre Theaterreform beim Dresdener Hof Anerkennung und Unterstützung zu finden. Dieser Rückschlag ist für die von ihrem Tun überzeugte und stolze Neuberin eine Demütigung. Die

Protektion für diesen »Afterkomödianten« kann sie sich nur als Ergebnis von Verleumdungen und Intrigen vorstellen. Sieht denn nicht jeder, daß ihre Kunst die edlere ist?

Sie schreibt nicht nur Briefe. Sie besinnt sich auf ihre Talente und verfaßt gereimte Bittgesuche. Sie bittet, aber nicht um Gnade, sondern um Gerechtigkeit und Anerkennung, um Belohnung ihrer Leistungen und Verdienste. Diesmal schreibt sie an die ihr stets gewogene Herzogin Christine Luise von Braunschweig und an die junge Josepha, Königin von Polen und Kurfürstin von Sachsen:

»Josepha Königin aus Kayserlichem Bluthe,
Dein Nahme Stadt und Stamm macht Deiner schlechsten Magd
noch Hoffnung, daß man sie von ihrem Haab und Guthe,
nicht ohne ihre Schuld aus Deinem Lande jagt [...]
Ach! soltest Du nur erst der Sachen Umstand wißen
Ach! wäre Dir nur erst das ganze Werk bekannt,
Du würdest uns gewiß in Deine gnade schließen
Du ließest uns gar nicht aus Deinem treuen Land;
Du nähmst dich unser an, Du hälffst die Unschuld schüzen
Dein Königliches Herz wär selbst für uns bemüht,
war Dir es nur bekannt was wir dem Lande nüzen
wie unser Schauplatz Schand und leere Poßen flieht;
mit was für Ehrfurcht wir uns ordentlich bestreben
zu Deines Landes Ruhm die Kunst recht zu erhöhn ...
Ach Große Königin sieh uns nur einmahl spiehlen
sieh nur von unserer Kunst ein Lust ein Trauerspiehl!
Denn wird Dein reiner Geist selbst diese Wahrheit fühlen
und sagen es geschieht den Leuten doch zu viel...«[31]

Sie wird bis zu ihrem Tod noch viele solcher Gedichte verfassen: Bittschriften, Huldigungspoeme für Fürsten und Magistrate, Geburtstags- oder Hochzeitsglückwünsche für Prinzessinnen und Herzöge, Trauergedichte für gestorbene Herrscher. Es ist jetzt eine allgemein übliche Kunstform und für eine Theaterprinzipalin ein guter Weg – heute würden wir von Werbestrategie sprechen –, sich bei der Obrigkeit in Rathaus und Schloß beliebt zu machen. Die Neuberin verfaßt ihre Poeme sehr persönlich, in fast privatem Ton, und in den nächsten Jahren wird sie dafür so berühmt sein, daß einige ihrer Gedichte gedruckt werden und eine breite Leserschaft finden.

Ob die hübsch gereimten Bittschriften ihre Wirkung hatten oder ob der mächtige Graf Brühl, graue Eminenz des Dresdener Hofes, seine Fäden gezogen hat, ist ungewiß. Gewiß ist, daß die Neuberin entgegen alle Erwartungen am 20. Mai 1734 ihre Leipziger Bühne über den Fleischbänken wieder in Besitz nehmen und eröffnen kann.

Ein Tag des Triumphes! Mehr als ein Jahr hat sie gekämpft, und das Edle, so glaubt sie, die Gerechtigkeit und die vernünftige Kunst haben obsiegt.

Doch ausgerechnet Johann, stets an ihrer Seite und Kämpfer für die Theaterreform wie sie selbst, macht den hart errungenen Sieg zunichte. Gemeinsam mit seinem Widersacher Müller erscheint er an einem Morgen in diesem Mai auf dem Leipziger Rathaus und erklärt »vor sich und in ehelicher Vormundschafft seines Eheweibes Friderícen Carolinen daßwenn diese Meße die Commoedien zu Ende seyn würden, er das Theatrum und was darzu gehöre von Fleischhause wegschaffen auch geschehen laßen wolte, daß Müller ins künfftige Commoedien daselbst agiren möchte«.[32] Johann verzichtet auf das Theater und macht Müller den Weg frei.

Ein unerklärbarer Schritt. Wie, womit hat der listige Prinzipal den Kontrahenten überzeugt? Hat er ihn mit süßem Wein aus

Zypern verwirrt? Oder war Johann, der ewig Zweite, die immer stärker werdende Rolle seiner Frau leid? Wollte er endlich einmal auftrumpfen als Ehemann und als Prinzipal? Er muß gewußt haben, daß dieser Sieg des Hanswursts nicht nur seine Frau zutiefst verletzen würde, sondern auch den Ruin der Theatertruppe bedeuten konnte.

Über die Ehe von Friederike und Johann ist viel spekuliert worden. Daß sie eine Vernunftehe war, zumindest von Friederikes Seite, wird allgemein angenommen. Daß sie Liebschaften gehabt hat, mit Gottsched und mit dem einen oder anderen ihrer Schauspieler, wird noch lange nach ihrem Tod behauptet werden. Welcher Komödiantin und Operistin werden keine amourösen Abenteuer nachgesagt? Niemand hat ihr welche beweisen können, jedenfalls weiß die Kulturgeschichte darüber nichts zu berichten. Aber vielleicht hat sie ja ihre heimlichen Leidenschaften gehabt. Sie war eine temperamentvolle Frau, schnell zu begeistern und voller Lust auf Leben. Aber sie war auch eine strenge Prinzipalin von hohen Grundsätzen. Eines ihrer Ziele war ja die Anerkennung der Schauspieler als »ordentliche Bürger«. Auf die gute Sitte und Moral ihrer jungen Komödiantinnen gab sie acht wie eine englische Gouvernante. Das manierliche Betragen ihrer Truppe wurde immer wieder gelobt, und es ist unwahrscheinlich, daß sie dies erreichte, ohne selbst Vorbild zu sein. Aber ein bißchen Liebe, ein wenig Leidenschaft wollen wir ihr wünschen. Bei dem braven Johann, dem pedantischen, phantasiearmen Gottsched wird sie die allerdings kaum gefunden haben.

Friederike wehrt sich, versucht noch einmal zu retten, was zu retten ist. Wieder schreibt sie Briefe, an den Rat der Stadt, an den König, an den Oberhofmarschall Löwendal. Sie besteht darauf, »das Müller bloß wegen einer irrigen und ganz wiederrechtlichen Erklärung«[33] ihres Mannes auf keinen Fall das Theater im Fleischhause eingeräumt werden darf. Sie bäumt sich verzweifelt auf gegen die Fessel der ehelichen Vormundschaft, die doch in dieser geschäftlichen Sache nicht ausreichen dürfe, um ihren Mann ohne ihre Mitsprache entscheiden zu lassen.

Was sie bewegt, bringt sie auch auf die Bühne. Sie ist eine flinke Dichterin, und während die Entscheidungen in Schloß und Rathaus auf sich warten lassen, zeigt sie ihrem Publikum den ganzen Streit als allegorisches Vorspiel. Sie nennt es *Das Deutsche Vorspiel*, und das bedeutet, daß hier nicht eine Übersetzung aus dem Französischen, sondern eine Originaldichtung präsentiert wird. Sie erzählt darin von ihrem Streit mit Müller, von der Auseinandersetzung zwischen Hanswursttheater und geregeltem Schauspiel.

Friederike selbst spielt Melpomene, die Muse der edlen Tragödie, die sich vor Apollo gegen die Verleumdungen und Anklagen von Thalia, der Muse der komischen Dichtung, und Silenus verteidigen muß. Silenus, der lüsterne Satyr der griechischen Mythologie, ist das Symbol für Müller. Er erscheint als listenreiches Wesen aus Pferd und Mensch mit Bocksprofil, Fell und Pferdeschweif. Natürlich entscheidet sich Apollo, von Gottfried Koch mit Würde dargestellt, für die Kunst Melpomenes. Und wer das Stück gesehen hat, kennt die Argumente der Neuberin, die Begründung für den Vorzug ihres Schauspiels.

Johann spielt auch mit: Er hat die Rolle des Obsequenz, des ein wenig trotteligen Folgsamen. So folgt er Melpomene auf der Bühne immer nach, aber er bleibt stumm. Ihre gute Sache unterstützt er nicht.

Die Vorrede zu diesem Spiel, den üblichen einführenden Prolog, hält sie nicht als Melpomene, sondern als Prinzipalin, Reformerin und berufstätige Frau. Noch im gleichen Jahr werden Spiel und Vorrede als erste ihrer Dichtungen gedruckt. Sie ist nicht »fürs Comoediendrucken« – warum sollte sie der Konkurrenz ihre Texte liefern? Aber dieses sollen ruhig alle lesen, denn es erläutert ihre Ziele und ihr Denken wie kaum ein anderes. Das deutet schon die selbstbewußte Vorrede an:

»Lieber Leser.
Hier hast du was zu lesen. Nicht etwan von einem grossen gelehrten Manne; Nein! nur von einer Frau, deren Namen du außen wirst gefunden haben, und deren Stand du unter den geringsten Leuten suchen mußt: Denn sie ist nichts, als eine Comödiantin; von Geburt eine Deutsche. Sie kann von nichts, als von ihrer Kunst Rechenschaft abgeben: Wenn sie gleich so viel wissen sollte, daß sie einen jeden Künstler verstehen könnte; wenn er von seiner Kunst redet. Fragst du: Warum sie auch schreibt? so antwortet sie dir das, dem Frauenzimmer gewöhnliche, Darum! Fragt dich jemand: Wer ihr geholfen hat? So sprich: Ich weis es nicht; oder: Es könnte doch wohl seyn, daß sie es selbst gemacht hätte. Das Werk ist in Reimen abgefasset. Ob die Verse rein, und die Gedanken richtig sind; werden diejenigen wissen, die es verstehen. Was die Sache betrifft: so gehören theils bekannte Geschichte, theils unbekannte Gedichte darzu. Alles zu erklären schickt sich nicht vor sie. Alles zu verschweigen ist hier nicht nöthig. Gennug, daß sie sonst wohl schweigen kann. Diejenigen, die von ihren Umständen etwas wissen, werden dieses leicht glauben können; wer aber nichts von ihr weis, dem wird auch dieses nicht schaden. Wenn er es gleich nicht glauben kann. Sie hat zwar niemalen durch Schriften bekannt seyn; sondern nur, als eine Komödiantin anderer Leute Leidenschaften bescheiden, vorsichtig, aufrichtig und natürlich sich vorstellen wollen: Itzt aber, da sie ihre eigene Rolle auf, und vor die ganzen Welt zu spielen genöthiget wird; so schämet sie sich auch nicht, ihren ersten sichtbaren Auftritt in diesen Blättern gedruckt zu geben. Hat sie wo gefehlet, so wird sie die Fehler nicht entschuldigen. Denn dadurch werden sie nicht besser. Sie wird um Verzeihung bitten, und ein andermal so wenig

fehlen, als es ihr nur möglich ist. Im Übrigen überläßt sie sich mit Freuden dem Urtheile dererjenigen, die da richtig denken, zu rechter zeit reden, und behutsam schweigen. Die übrigen werden denken, was sie wollen; reden, wenn sie können; und schweigen, wenn sie müssen. Sie bleibet beydes, der guten und bösen Welt verpflichtet: Der guten; weil sie es würdig ist, der bösen; weil sie an ihrer Verbesserung nicht zweifelt.

Die Verfasserin.«[34]

Eine stolze Rede. Muß sie nicht überzeugen? Nein. Alle Mühen haben nicht zum sicher geglaubten Ziel geführt. Der Hof ist das Debakel müde und ordnet an, die Neuberin habe sich unverzüglich einen anderen Platz zu suchen, Müller sei im Recht, und überhaupt wolle man »dißfalls weiter im geringsten nicht behelliget seyn«[35].
Es ist ein dunkles Jahr, dieses 1734. Die Neuberin findet keinen anderen Spielort in der Stadt, sie muß Leipzig mitsamt ihrer Theatergesellschaft verlassen. Und Johann? Sein Bild ist in der Überlieferung so blaß, das Motiv für seinen Verrat so ungewiß, daß es vermessen wäre, über seine Gefühle und Gedanken zu spekulieren.
Müller hat gewonnen. »Sagte ich es nicht«, schreibt ein Mitglied der *Deutschen Gesellschaft* im Oktober an Gottsched, »daß Müller doch noch viel Zuschauer haben würde? Die Leute sind gar zu närrisch und die Anzahl der klugen ist viel zu geringe, daß Sie den Narren Einhalt thun sollte.«[36]

Die Neuberin ist geschlagen. Sie zieht davon, gedemütigt – und mit leerer Kasse. Zum ersten Mal hat sie Angst. Ihr Leben war immer voller Unsicherheiten, daran ist sie gewöhnt. Aber es gab doch das Vertrauen in Johann, und es gab das Leipziger Theater über den Fleischbänken mit dem »guten« Publikum. Ein Stück Heimat in ihrem ruhelosen Leben. Und es gab nicht zuletzt die stolze Gewißheit, langsam, aber doch unaufhaltsam mit der Theaterreform voranzukommen.

Jetzt ist nichts mehr sicher. Und wird Gottsched, werden die Mitglieder der *Deutschen Gesellschaft* sie nach dieser Niederlage noch achten, werden sie eine, die gegen den Hanswurst verloren hat, noch als Verbündete betrachten? Ihre Briefe aus dieser Zeit zeigen eine verzagte, zutiefst verunsicherte Frau. Aus Lübeck schreibt sie an Gottsched:

»...ich bin gescheucht, verjagt und verstoßen geblieben und bis an das äußerste des Meeres hier her getrieben [...] wolte ich mich endlich mit mein übel gesinnten Schicksaal friedlich vertragen und gedult haben bis ich Mein allerliebstes vernünfftiges Leipzig wieder sehen könte, wenn ich nur versichert wäre, daß mein unglück nicht auch ein räuber meiner sehr werthen Freunde mit der Länge der zeit werden könte. Ich gestehe es, ich fürchte mich davor mehr als ich Furcht hatte gut und glück zu verlieren, und ich bitte Sie vermöge Ihrer guten eigenschafften mein beystand zu verbleiben und mir durch Dero aufrichtige Freundschaft auch das gute andencken und die wahre Freundschaft der übrigen sicher und vor mich gut zu erhalten...«[37]

Sie braucht Monate, um den alten Schwung wiederzufinden. Aber die Sorge, mit der Niederlage in Leipzig könnten sich all ihre Gönner und Helfer von ihr und ihren Ideen abwenden, erweist sich als unbegründet. Dazu ist sie schon zu berühmt, dazu haben schon zu viele Geschmack an dieser neuen Art des Theaters gefunden. Der Braunschweiger Herzog Ludwig Rudolf, seit Friederike Neubers Debütantinnenjahren bei der Spiegelberg'schen Gesellschaft von ihr und ihrer Kunst begeistert, hatte ihr schon 1732 das »Hochfürstlich Braunschweig-Lüneburg-Wolfenbüttel'sche Privilegium« verliehen. Nun erweist er ihr eine weitere große Ehre.

Im Februar 1735, zur Karnevalszeit, öffnet er Friederike das große herzogliche Opernhaus in Braunschweig. Wo ihr die Sachsen, die sie doch so liebt, nicht einmal die Böden über den Fleischbänken gönnen, betritt sie hier eine Bühne, die für deutsche Schauspieler in dieser Zeit sonst unerreichbar ist. Voll stolzer Freude schreibt sie an Gottsched:

»... habe zu berichten, daß wir morgen mit großer pracht u. herrlichkeit auf dem großen Opern Theater Ihren Fleiß zu Ehren *Cato* vorstellen werden unter lauder angezündeten wachslichten durch das gantze theater und der music von der gantz herzogl. Capelle, welche sich auch mit einer besonderen trauer oder sanfften Music auf unser ansuchen hören lassen [wird...] Wir werden nichts ermangeln lassen an allen prächtigen zugehörungen und werden sowohl Catons als Caesars gefolge in gehöriger anzahl erscheinen laßen. Darzu durch den Hrn. General Adjutant die Soldaten schon bestellt und alle von ebener und gleicher länge nebst ihren unterofficiren außgesucht werden. Ihre Köpfe und Füße sollen so rein u. ordentl. geputzt seyn als ob sie an einen fremden Hrn. in ihrer größten reinlichkeit u. ordnung solten verschenckt werden...«[38]

*Der sterbende Cato*, im Herbst 1731 von der Neuber'schen Gesellschaft in Leipzig uraufgeführt, ist das erste von Gottsched selbst verfaßte Drama. Jedenfalls beinahe. Eigentlich ist es das Produkt seiner Übersetzung eines englischen und eines französischen Cato-Dramas. Das Stück hat 1660 Verse, und nur etwa 190 sind ohne Entsprechungen in den beiden Vorlagen. Er habe das Schauspiel, das er als erstes deutsches Originalstück preist, vor allem mit Schere und Kleister erdichtet, urteilen seine gelehrten Kritiker, aber beim Publikum hat es Erfolg. Und obwohl es von dem glühenden römischen Republikaner und seinem heroischen Kampf gegen den Tyrannen Cäsar erzählt, wird es in den nächsten Jahren vor allem an den Höfen beklatscht. Vielleicht, weil der tugendhafte Cato zum betrüblichen Schluß einen ehrbaren Selbstmord begeht.

Gottsched ist inzwischen zum Wort- und Gedankenführer der literarischen Bewegung aufgestiegen, und seit 1734 ist er ordentlicher Professor für Logik und Metaphysik. Im April 1735 hat er Luise Adelgunde Victorie Kulmus geheiratet. Seine literarisch erfolgreiche Frau wird Jahre später bei einem Empfang der österreichischen Monarchin Maria Theresia den größeren goldenen Ehrenthaler bekommen. Es heißt, er habe das seiner Frau niemals verziehen. Aber jetzt ist er glücklich, endlich hat er die Gehilfin, die er braucht: wissenschaftlich gebildet und ambitioniert für sein Fach, fleißig und voller Bewunderung für ihren berühmten Gatten.

Das kleine Braunschweig ist zwar kein Ersatz für Leipzig, aber hier findet Friederike neues Selbstvertrauen. Doch das Glück ist launisch, die Freude kurz. Auch fürstlicher Protektion schlägt das Schicksal gern ein Schnippchen. Der Herzog stirbt bald, und der neue braunschweigische Herrscher Karl I. hat für die Kunst der Neuberin keine Verwendung.
Friederike wird nach dem Tod des alten Herzogs nie wieder in Braunschweig auftreten.

## *Heimwehjahre oder Ein Leutnant sorgt für gute Ordnung*

»Ich möchte vor verlangen Sterben, ich glaube es hat mich eine gewiße Art Zauberey umgeben das ich so anhaltend an Leipzig gedencke oder ich muß gar drein verliebt seyn. Ohn geachtet aller der bösen Stunden u. alles verlusts gedencke ich doch mit mehrern vergnügen der guten und sonderl. Derjenigen welche ich sowohl in Ew. hochEdelgeb. vernünfftigen gesellschaft als auch in der gesellschaft meiner andern werthesten Freunde zugebracht habe...«[39]

Friederike Neuber hat Heimweh nach Leipzig. Bisher hatte sie die Stadt an der Pleiße nur verlassen, um nach einiger Zeit zurückzukehren. Das scheint nun unmöglich zu sein, und wenn man nicht heimkehren kann, wird der Schmerz doppelt so heiß. Ihr fehlt nicht nur der vertraute Trubel der Messestadt, sie vermißt auch den regen geistigen Austausch, die Gesellschaft der gebildeten Freunde.

Daß ihr das Interesse an »gelehrten Sachen« von ihren Kritikern oft abgesprochen wird, mag seine Ursache in der unterschwelligen Verachtung haben, die einer Frau und Komödiantin entgegengebracht wird. Aber schleppt eine, die oft in Geldnot und immer unterwegs ist, jahrelang kostbare Bücher, alle dick und bleischwer, mit sich herum? Bis zum Dezember 1733 gehören Senecas *Dialoge*, Petrarcas *Trostspiegel in Glück und Unglück, Amidas*, die *Christliche Sitten-Lehr Oder Kunst, recht und gut zu leben* und der *Simplicissimus* zu ihrem privaten Gepäck. Die ersten drei sind Ausgaben des 16. Jahrhunderts, allesamt Druckwerke von großem Liebhaberwert. Besonders Petrarca ist ihr »von Jugend an lieb gewesen«[40]. Im Streitwinter mit Hanswurst Müller hat sie die Bücher der Leipziger *Deutschen*

*Gesellschaft* zum Geschenk gemacht, sicher nicht zuletzt, um sich derer »Gewogenheit« zu sichern. Die Widmung, die sie in das Werk Senecas schreibt, spricht nicht nur für ihre Situation, sondern auch für ihr Verhältnis zu den Büchern:

»Geh, weiser Seneca, zu andern klugen Schriften
Und lasse dir durch sie ein wahres Denkmal stiften,
Du trittst mit größerm Ruhm in die Gesellschaft ein,
Als wenn du immer sollst bei einer Frauen sein,
Die zwar die Lehren liebt, die du hast aufgeschrieben,
Und ihnen gerne folgt, doch solche auszuüben
Nichtrecht vermögend ist. Bald störet sie der Neid,
Belügt und lastert sie und macht Gefährlichkeit,
Daß sie erschrecken muß und dich dabei vergessen.
Deswegen schämt sie sich. Nun kannst du leicht
ermessen,
Wie schwach die Weiber sind. Es fehlt zwar Männern
oft
An der Gelassenheit, wenn alles was man hofft,
Zu Grunde gehen soll. Wenn Fleiß und gute Gaben,
Gleich bei der Redlichkeit ganz reine Wohnung haben,
so schleicht sich doch die Furcht so unvermerkt
und schlau
Am allerliebsten ein bei einer schwachen Frau,
Die leichtlich zittern kann. Da bist zu schlecht
beschützet;
Deswegen gehe hin, wo man dich besser nützet,
Wo man dich besser braucht, zur Weisheit, Ruh
und Lust,
in reine Männerhand, in weise Männerbrust.
Von dort an will ich dich nach allen deinen Lehren
Durch ihren klugen Mund bewundern und
verkehren.«[41]

Die Zeilen zeigen nicht nur Friederike Neubers Verhältnis zu den Büchern und ihre Verehrung für hochgebildete Menschen, sondern auch ihre Situation. Sie hat oft erfahren, wie schwach und rechtlos Frauen in dieser Zeit letztendlich sind, wie oft sie zittern müssen, selbst wenn sie die Stärke und den Mut besitzen, die die Neuberin auszeichnen.

Wie nah die Prinzipalin der *Deutschen Gesellschaft* tatsächlich verbunden war, kann nur vermutet werden. Die literarischen Salons legen Wert darauf, ihre Türen nicht nur dem Adel und dem gehobenen Bürgertum zu öffnen, sondern allen, die interessiert und gebildet genug sind. Zumindest ab und zu wird auch Friederike dort zu Gast gewesen sein, denn in diesen Jahren ist sie nicht nur als Prinzipalin und Schauspielerin groß. Sie wird auch schon als »eine feine deutsche Dichterin«[42] gerühmt. Ihre zahlreichen Huldigungsgedichte zu Jubiläen oder Geburtstagen von Mitgliedern der herrschenden Adelsfamilien werden bewundert. Auch viele Vorspiele, die einer Tragödie oder Komödie traditionell vorangehen, stammen aus ihrer Feder. Oft sind es heitere, lehrreiche Allegorien, in denen sie ihre neue Kunst erläutert und verteidigt. Sie sind beim Publikum sehr beliebt.

Auch wenn Friederike bei den Treffen hin und wieder die Tür geöffnet wird, als Mitglied der *Deutschen Gesellschaft* wird sie, die doch deren gelehrte Theorien in die Tat umsetzt, nicht aufgenommen.

Nur eine Frau ist Mitglied, die kluge und selbstbewußte Christiana Mariana von Ziegler. Die Leipziger Patriziertochter, in jungen Jahren zweimal reich verwitwet und so finanziell unabhängig und frei von männlicher Vormundschaft, führt ein großes Haus. Ihr Salon ist Treffpunkt der Anhänger der neuen »vernünfftigen« literarischen Richtung. Sie hat Gottsched seit seiner Ankunft in Leipzig gesellschaftlich und beruflich gefördert. Christiana schreibt vielbeachtete Gedichte und kritische Essays. 1733 verleiht ihr die philosophische Fakultät der Wit-

tenberger Universität für die Gebühr von vierzehn Talern die *laurea poetica*, die Dichterwürde. Die Leipziger Professoren hatten einer Frau diese Ehre verweigert. Ihre *Abhandlung, ob es dem Frauenzimmer erlaubet sey, sich nach Wissenschaften zu bestreben*, eine spitzzüngige Verteidigungsrede (1739) für das Recht der Frauen auf »lernen und schreiben« ausschließlich »um der eigenen Bildung und Vervollkommnung willen«[43], geriet ihren Zeitgenossen allerdings ebenso wie ihre Spottlieder auf Privilegien und Besserwisserei der Männer doch zu frech.
Friederike wird die Ziegler gut verstanden haben. Nun, sozusagen im Exil, hat sie nur ihre Komödiantengesellschaft. Nichts gegen den klugen Koch, den neugierigen, aber Franzbranntwein liebenden Türpe, den treuen Suppig oder den stillen Johann. Aber sie können die »Disputationen« mit den Gelehrten im bürgerlichen Salon nicht wirklich ersetzen. Vielleicht beneidet Friederike diese Frau, der sie sicher begegnet ist. Aber sie hat keine Wahl, und das Lamentieren ist nicht ihre Art. Sie muß für sich und ihre Komödianten sorgen. Und sie hat immer noch ihr Ziel. Das will sie erreichen – wenn nicht in Leipzig, dann anderswo.

Die wichtigsten Stationen der folgenden Jahre sind Hamburg, Kiel und Frankfurt. Auch wenn die Hamburger Gastspiele bisher kaum mehr eingebracht haben als ein bißchen Ehre bei einigen wenigen Anhängern der neuen literarischen Bewegung, so versucht die Neuberin doch, die mächtige Hafenstadt im Norden zu ihrem neuen Hauptstützpunkt zu machen. Ihre Kunst, das hat sie inzwischen gelernt, ist – noch – nicht für jedermanns Geschmack. Aber Hamburg ist groß. Hier hofft sie genug Zuschauer zu finden, die das Theater füllen und die Komödianten satt machen.
Etwa achtzigtausend Einwohner, fast dreimal soviel wie Leipzig, beherbergt die alte Hansestadt. Die meisten Menschen

leben in Häusern aus Fachwerk und Holz. Selbst die Patrizierhäuser haben oft nur eine Fassade aus Stein. Buntes Volk aus vielen Ländern drängt sich durch die Gassen. Die großen Segler, die wie in einem Meer von Masten im Hafen liegen, kommen aus England, Frankreich, Irland, Schottland, Portugal und Spanien, von den Azoren und den Kanarischen Inseln, im Spätsommer sogar aus Archangelsk an der kalten russischen Nordküste. Die kleinen Kutter segeln von hier aus immer hart am Wind nach Helgoland, Terschelling, Husum oder Bergen und Kopenhagen.

Die Stadt ist eng, und die zahlreichen Fleete, Wasserleitung und Abflußrohr zugleich, stinken. Die Idylle liegt vor den Toren. Da haben die Hamburger Großbürger genauso wie die Leipziger ihre Gärten. Die Blüten aus mehr als achtzig Tulpen- und mehr als fünfzig Nelkensorten machen aus der grünen Landschaft im Frühjahr und Sommer ein duftendes Farbenmeer. Attraktion ist eine Novität, die Hyazinthe. Ein besonders prächtiges Exemplar mit 356 Glocken ist wenige Jahre zuvor »in Kupfer gestochen, auch sauber getuscht oder in Öl gemalt, um das Wunder im Bilde für die Nachwelt festzuhalten«[44].

Die Hamburger haben viel Sinn für das Schöne, aber vor allen anderen Künsten lieben sie die Musik. In den Kirchen und Gymnasien, in den Sälen des Eimbeckschen Hauses, im Baumhaus hoch über dem Hafen und im Drillhaus finden ständig Konzerte statt. Viele der Kompositionen sind vom städtischen »Musikdirektor« und Kantor des Johanneum verfaßt, dem in diesen Jahren berühmtesten deutschen Musiker Georg Philipp Telemann. Seine Musik wird sogar in Paris gespielt. Auch für das städtische Opernhaus am Gänsemarkt komponiert er fleißig. Mit der Oper geht es allerdings gerade ziemlich bergab – dort wird jetzt gar zu schlecht und feierlich gesungen.

In der kleinen Gasse mit dem Namen »fuhlen Twiete«, nur

wenige Minuten entfernt vom Opernhaus, steht die »Comoedien Bude«, in der durchreisende Komödiantenbanden ihre Kunst zeigen dürfen. Das ist eine Vergünstigung der Stadtväter. Meistens finden Komödianten in den Städten keine Spielstätte vor, sondern müssen auf eigene Kosten für die kurze Zeit ihres Gastspiels eine Bretterbude bauen.

Die Hamburger Bude ist ein ärmlicher Spielort. Damit auch vornehme Gäste den Besuch der Komödie nicht scheuen müssen, baut Johann gründlich um. Das kann er gut, Friederike ist »nichts oder doch nicht viel nütze bey solchen sachen. Ich bin zu huy und verterbe oft mit meiner geschwindigkeit mehr als man hernach gut machen kan. Mit ein wort zum handlen und bauen habe ich weder verstand noch geduldt genug.«[45] Vor allem hat Johann »rein gemacht, daß man, viel besser als sonst, gehen, stehen, sitzen und zusehen kan, ohne zu besorgen, daß man sich die Kleidungen schmuzig mache.«[46]

Die Neuber'sche Gesellschaft spielt *Iphigenia, Cäsar, Cato,* Molières *Kranken in der Einbildung*, aber auch *Schrecken-Spiegel ruchloser Jugend oder Das lehrreiche Todten-Gastmahl des Don Petro*, eine frühe Version des Don Juan. Sie geben lustige Nachspiele mit Titeln wie *Harlekin, die lebendige Uhr und verstellte Mumie, Der Mann mit zwey Köpfen* oder *Der listige Herr Schnapphahn*. Für die Burleske *Die verwünschte Prinzessin oder das lebendige Todtengerippe* wird auf dem Theaterzettel besonders mit den Rittern geworben: »... ganz geharnischt vom Kopf bis auf die Füße, auch mit Helm, Schild und Federn geziert.«[47]

Weder hat die Neuberin genug geregelte Stücke zur Verfügung noch kann sie auf die Burlesken verzichten, wenn ihr Theater überleben soll. Und im Gegensatz zu Gottsched will sie auch nicht so ganz auf sie verzichten – dazu hat sie selbst viel zuviel Spaß an dem satten Witz der Volksstücke. Aber sie bringt verfeinerte Versionen auf ihre Bühne, und selbst wenn sie den Hanswurst auftreten läßt – und das geschieht oft –, hält sie sich an ihre Prinzipien und macht aus dem wüsten Haudrauf den listigeren Harlekin: »Ich muß übrigens der Neuberischen Bande zum Ruhme bezeugen, daß sie alles, was in den tragischen und comischen Spielen unanständig scheinen mögte, auf das sorgfältigste vermeidet, so daß ich ein nicht geringes Vergnügen bei meinem jüngsten Aufenthalt in Hamburg an ihren theatralischen Vorstellungen gefunden habe...«[48], erfährt Gottsched im Juni 1735 von einem reisenden Freund.

In diesem Jahr führt die Neuberin eine neue Art der Werbung ein. Sie läßt nicht nur die üblichen Theaterzettel drucken, sondern auch kleine Hefte, in denen ausführlich der Inhalt des nächsten Stückes samt Vorspiel erzählt wird. Das ist neu. Es ist überhaupt neu, daß man über die Schauspiele reden kann, einander berichten, was man gesehen und gehört hat, sich über Handlung und Moral streiten. Über das herkömmliche Stegreiftheater kann man sich amüsieren, aber zu reden gibt es über diesen Spaß ohne sinnreiche Handlung wenig.

Fast ein dreiviertel Jahr, bis zum Dezember 1735, bleibt die Neuber'sche Komödiantengesellschaft in Hamburg. Friederike setzt auf die gebildeten Frühaufklärer, die auch hier fleißig über die sich schnell ändernde Welt nachdenken und philosophieren. Aber die nehmen wenig Notiz von ihr. Die Hamburger Debatte um die Regelung der deutschen Sprache, um die Gedanken der Freiheit und der Moral, um die Prinzipien des Natürlichen bezieht das Theater wenig ein. Und schon gar nicht das Wandertheater!

Der Bürger Behrmann zählt zu den Ausnahmen in seiner Zunft der reichen Pfeffersäcke. Als treuer Anhänger Gottscheds ist er oft zu Gast in der Komödienbude. Er ist Stückeschreiber aus Passion, und sein Drama *Timoleon, der Raths- und Bürgerfreund* wird zuerst von der Neuber'schen Gesellschaft aufgeführt. Das Trauerspiel um den korinthischen Tyrannenfeind und Verteidiger der Vaterlandsfreiheit ist streng nach den von Gottsched bestimmten Regeln ge-

schrieben und ein wenig zäh. Aber es ist doch bewegend und scheint genau das Richtige für die freien Bürger der freien Hansestadt.
Aber dieser Meinung sind nur wenige. Die Hamburger wollen mehr Spaß und Spektakel. Das Theater wird – lustiger Harlekin hin, tragischer Timoleon her – immer leerer. Die Hamburger? Ignoranten! Auf dem Theaterzettel für ihre letzte Vorstellung macht die Neuberin aus ihrem Ärger keinen Hehl:

»Allen Denen
Die uns oft und gerne gesehen haben
die uns nicht haben sehen können
Die uns nicht haben sehen dürfen und
Die uns nicht haben sehen wollen
zu Ehren und schuldigster Dankbarkeit
wird heute zum Abschiede
Ein deutsches Vorspiel nebst einem Schau-Spiele
aufgeführet...«[49]

Eine harmlos erscheinende spitzzüngige Ironie, aber in Hamburg reicht so etwas für einen Eklat. Die letzte Vorstellung wird vom Rat der Stadt verboten.

Die Neuberin kann das nicht wirklich stören. Herzog Karl Friedrich von Schleswig-Holstein, theaterbesessen und im Ruche, selbst ab und zu als Komödiant auf den Brettern zu stehen, hat sie mit ihrer Schauspielergesellschaft nach Kiel eingeladen. Wenn die Bürger ihre Theaterreform nicht wollen, so muß sie eben wieder auf die Fürsten setzen!
Es ist Dezember, die Truppe ist mal wieder bettelarm, und die Reise zu Fuß durch Regen und Nebel ist beschwerlich. Aber in der kleinen Residenzstadt an der äußersten Grenze des Deutschen Reiches zum Königreich Dänemark finden die Komö-

dianten freundliche Aufnahme. Im Saal des Ball-Hauses in der Schuhmacherstraße, im Schatten der mächtigen Nicolaikirche und nicht weit entfernt vom Schloß, darf Friederike trotz der frommen Adventszeit schon im Dezember ihre Schaubühne eröffnen. Das Ball-Haus ist kein Saal für rauschende Feste. Es ist eine Sporthalle für ein dem heutigen »Federball« ähnliches und sehr populäres Spiel. Die Stadt hatte es bei der Gründung der Universität 1665 »zu der daselbst studierenden Jugendt ergetzung und nützlichen exercitio« erbaut.
Der Herzog ist begeistert von dem, was er da sieht. Er ist ein großzügiger Mann, spart nicht mit Talern, und am 28. Februar 1736 privilegiert er die »Neubertschen Schaubühne Genossenschafft« zu »Hoch-Fürstlichen Schleßwig-Holsteinischen Hoff-Comoedianten«. Wegen »der ungezwungenen und glücklichen Übersetzungen in die teutsche Mutter-Sprache und zwar in gebundene Reden«, wegen der »gutentheils gesauberten auch verbeßerten teutschen Schau-Spielen« und nicht zuletzt wegen »des von der Schaubühne sämtlichen Genossenschafft bezeigten und führenden sittsahmen Wandels«[50]. Er ist großzügiger als die sächsischen Fürsten: Er befreit die Komödiantengesellschaft von allen Gebühren und Abgaben und stellt sie der Hofkapelle gleich.
Das bedeutet Ehre, Renommee und bare Taler. Wieder ein Stückchen Sicherheit. Doch schon 1739 wird der Herzog sterben, und damit wird, wieder einmal, alle Protektion verloren sein.
Soweit ist es noch nicht, erst mal sind fette Zeiten. Aber Kiel ist klein, es bietet nicht genug Publikum, um das Theater lange zu füllen. Die nächste Stadt auf Friederikes Eroberungsfeldzug ist Frankfurt.
Eine große Komödiantengesellschaft wie die Neuber'sche zieht nicht auf gut Glück in ferne Städte. Das kann sie nur in Ländern tun, in denen ihr ein landesfürstliches Privileg die Spielerlaubnis garantiert. Anderswo ist das Risiko, auf eine

Zeit des Spielverbots oder auf ablehnende Stadträte zu treffen, zu groß. Also schreibt Johann einen Brief nach Frankfurt und erbittet die Spielerlaubnis.
In der alten Handelsstadt am Main sind in diesen Jahren Komödianten und Gaukler als zwielichtiges Volk nicht gern gesehen – der Antrag wird abgelehnt. Die Neuberin läßt sich von einer ersten Absage jedoch nicht schrecken. Die freie Reichsstadt, Ort vieler Kaiserkrönungen und nach Leipzig das größte und bedeutendste Messe- und Buchhandelszentrum des Reiches, ist für sie ein zu lohnendes Ziel.
So nimmt sie wieder einmal Johann die Feder aus der Hand und macht sich selbst an die Überzeugungsarbeit. Und das gründlich: Der Hamburger Patrizier Metzler unterzeichnet ihr Bittgesuch, sie fügt ein Zeugnis des Herzogs von Holstein bei und eine gedruckte Probe »Von der Unschuld, Reinheit und Nutzen ihrer Comödien, die sich von anderen ohnziemlichen theatralischen repräsentationen ganz und gar unterscheiden und in Hamburg von Gelehrten und Magistrats-Personen mit bester approbation besucht worden sind«[51]. Auch, so versichert sie, wolle sie gerne unentgeltlich für die Armen agieren.
Der Frankfurter Magistrat ist beeindruckt. Friederike erhält die Spielerlaubnis. Zur Vorbereitung des Publikums und nicht zuletzt, um die Frankfurter neugierig zu machen, läßt sie lange vor ihrer Ankunft zur Herbstmesse 1736 bei einigen vornehmen Frankfurter Familien eine Abhandlung »Über die Schaubühne« verbreiten. Unterstützt wird sie dabei von einem angesehenen Frankfurter Kaufmann, der diese Hilfe auf die Bitte eines Hamburger Handelspartners und Verehrers der Neuberin gerne leistet. Das gelehrte Pamphlet eines Schülers Gottscheds erläutert die Prinzipien der neuen Theaterliteratur, die Probleme der neuen deutschen Schaubühnen und den hohen moralischen Rang des gesamten Neuber'schen Unternehmens.

Die bisher beispiellose Werbestrategie hat Erfolg. Die Theaterbude auf dem Liebfrauenberge ist immer gut besucht. Das Repertoire, diese Mischung aus übersetzten französischen Stücken, manierlichen Burlesken und lustigen oder besinnlich-heiteren Vor- und Nachspielen, kommt gut an: »Was noch nie hierorts beschehen«, schreibt eine vornehme Dame an ihren in Marburg studierenden Sohn. »Alles strömet in das Theater auf dem Liebfrauenberge. Man erblicket nicht nur die fürnehmlichsten sondern auch Leuthe da, die sonsten nur in der Kirchen sitzen und oft schon ein gar los Maul über derartige Kurzweil hatten. Das macht aber auch die Comödianten werfen sich nicht weg, wie ehemalen zu häufig geschehen, sie führen allesambt einen stillen ehrsamen Wandel und agiren gar ausnehmend schön und mit Respekt und Sitte. – Vor zottigen Redenarten braucht man keine Angst mehr zu empfinden, der Hans-Wurst kommt in der ernsthaften Action meist gar nicht vor, erst zuletzt in dem Beschluss und dann ist er sehr manierlich und ohne Unfläterey…«[52]

Die Neuber'sche Komödiantengesellschaft bleibt bis zum Juni des nächsten Jahres, 1737, in Frankfurt, unterbrochen nur von einem mehrwöchigen Aufenthalt in Straßburg, der zum wahren Triumph wird.

Straßburg ist seit einem halben Jahrhundert französisch. Eine mächtige Festung umschließt die alte Stadt, von Kehl führt eine Brücke über den Rhein und seine vielen sumpfigen Nebenarme. Der gotische Turm des Münsters, der höchste Europas, reckt sich majestätisch neben dem Stumpf seines nie fertiggestellten Zwillings. Wer sich die siebenhundertfünfundzwanzig Stufen der steilen Wendeltreppe hinaufwagt, kann bei klarem Wetter bis zu den Schneegipfeln der fernen Alpen sehen.

In Straßburg müssen die Komödianten keine Bude bauen lassen. Hier, schon im Französischen, gibt es zwei feste Theater,

die im Winter sogar geheizt werden. Der Traum aller Komödianten! Von Straßburg und seinen theaterliebenden Menschen wird die Neuberin noch lange schwärmen.
Vier Wochen lang spielt die Gesellschaft jeden Tag vor vollen Bänken, obwohl doch Adventszeit ist. Selbst Gottscheds papierner *Sterbender Cato*, dessen Originalvorlage in Paris durchgefallen war, wird begeistert aufgenommen. Das Spiel der Neuber'schen Komödianten macht den Straßburgern so manche Langatmigkeit wett. Die »vornehmsten Männer« seien im Publikum und auch »viele Franzosen, die kein Wort deutsch verstehen, sahen mit großer Aufmerksamkeit zu«, schreibt Johann an Gottsched. Besonders freut ihn die hier herrschende gute Ordnung: »Der Lieutn. du Roy Mr. Trelans hat uns tägl. 4 Mann Wache gegeben, welche ungemein scharfe Ordre haben, auf alle Betrunckene, oder andere die ein Geräusche machen wolten wohl Achtung zu haben, und selbige so gleich aus dem Comodien Hauße wegzuschaffen...«
Komödianten sind gewöhnt, daß sich die Bürger vor ihnen schützen – hier werden die Komödianten vor den Bürgern geschützt. »Wir haben es Gottlob nicht übel getroffen«, schreibt er noch. Und: »Es fehlt uns an nichts als eine Menge Tragedien. [...] Ist etwann in Leipzig eine übersetzte Tragedie zu haben so bitte sehr darum.«[53]
Das alte Lied. In den dreizehn Jahren der Zusammenarbeit erhält die Neuber'sche Gesellschaft von Gottsched und seinen Anhängern nur siebenundzwanzig Stücke, fast alle Übersetzungen oder Bearbeitungen älterer Vorlagen. Neue Dichter lassen sich selbst mit den Regeln des klugen Aristoteles doch nicht so einfach »machen«.
Siebenundzwanzig Stücke sind eine wirklich magere Ausbeute, wenn man bedenkt, daß der Spanier Lope de Vega allein tausendfünfhundert, die meisten in Versen, geschrieben haben soll, der Italiener Carlo Goldoni immerhin hundertfünfzig, und einmal lieferte er gar sechzehn Komödien in nur einem

Jahr! Natürlich nicht jede eine Perle der Literatur, sie sind ja vor allem fürs Geld geschrieben, für einen hungrigen Prinzipal und sein zahlendes Publikum.
Aber auch wenn es an klassischen Schauspielen fehlt, so hat die Neuberin in diesen Jahren mit fünfundsiebzig Tragödien und Komödien und dreiundneunzig lustigen Nachspielen doch ein Repertoire, das selbst dem fleißigen Frankfurter und Straßburger Publikum genug Abwechslung bietet.

## *Hanswurst wird zum Hänschen oder Monsieur Scheibe macht theatralische Musik*

Sie sind wieder da! Die Neuber'schen Komödianten sind zurück! Es spricht sich schnell herum in Leipzig. Dreieinhalb Jahre hat sich die Neuberin mit ihrer Truppe in der Messestadt nicht sehen lassen. Jetzt, zur Herbstmesse 1737, ist sie zurück, darf wieder in Leipzig Komödie spielen, und alle laufen hin, um zu sehen, was sie Neues bringt.

Aber die Neugierigen brauchen Geduld. Zuerst muß eine neue Comoedien-Bude gebaut werden. Der Rat hat die Neuberin mit ihren guten Schauspielern und Schauspielerinnen, mit ihrem kunstvollen Repertoire zwar gerne wieder in der Stadt begrüßt, aber die Bühne über den Fleischbänken, Leipzigs erster und noch immer einziger fester Theaterraum, ist ein für allemal an den Hanswurst Müller verloren. Vor dem »Grimmaischen Thore an dem Orte allwo der Bosische Garten und anietzo hierselbst einige aus der Stadt geführte Misthauffen liegen« entsteht das neue Theater. Sechzig Ellen lang und dreißig Ellen breit darf es werden, damit es »weder den Fahrwege noch dem Eingang in den Bosischen Garten, noch den Roß-Ställen einige Hindernis gebe«.[54] Das ist schon ein richtiges Holzhaus von knapp vierzig Metern Länge und neunzehn Metern Breite.

Gar kein schlechter Platz. Der berühmte Garten der kunstliebenden Patrizierfamilie Bose ist so eine Art Vergnügungspark. Er ist nicht nur ein großer, nach französischem Vorbild kunstvoll angelegter Garten voller einheimischer und exotischer Blumen und Bäume, in einer Zeugkammer gibt es hier auch Waffen und Rüstungen vieler Länder zu bestaunen, in der »Naturaliensammlung« ausgestopfte fremdländische Tiere, Mißgeburten in Spiritus, Skelette, exotische Früchte und al-

*Leipziger Messeverkehr vor dem Grimmaischen Tor, um 1830.*

lerlei Zierat. Während der Messen ist der Garten geöffnet und stets gut besucht.

Müller protestiert heftig gegen die Rückkehr seiner Konkurrentin, die er endgültig hatte vertreiben wollen. Doch diesmal unterliegt er. Er darf sogar trotz seines Privilegs nur während der Messetage spielen, die Neuberin hingegen ganze zwei Wochen länger.

Die Schauspieler machen sich an die Arbeit. Sie räumen die Abfallhaufen fort, richten Kostüme und Kulissen her, lernen ihre Texte. Und einige helfen den städtischen Handwerkern beim Bau der Bude, damit es ein wenig schneller geht und die Kasse weniger belastet. Denn die Handwerker müssen gut bezahlt werden. In den meisten Städten ist die Spielerlaubnis mit der Auflage verbunden, beim Budenbau örtliche Zimmerleute zu beschäftigen. Die Bauaufsicht hat wie immer Johann.

Die Frau Neuberin ist sehr beschäftigt in diesen Tagen. Sie schreibt an einem neuen Stück, tut gutgelaunt geheimnisvoll, und Leipzig ist gespannt.

Dann, im Oktober, sind die Verse geschrieben, und in der Bude am Bosischen Garten wird Geschichte gemacht. Was immer Friederike bewegt, ob Freude, Trauer oder Zorn, faßt sie in Verse für ihre Schaubühne. Ob Dank für fürstliche Gönner, Unmut über ignorante Hamburger oder Ärger über den intriganten Konkurrenten. Sie hat die Verbannung des Hanswursttheaters und den Sieg des geregelten Schauspiels auf ihre Fahnen geschrieben. Und wenn das auch im Leben viel zu lange dauert – auf ihrer Bühne kann es sofort geschehen. Also vertreibt sie im Spiel den derben, unflätigen Hanswurst vom Theater.

In allen von ihr verfaßten Vorspielen geht es um die »Verbesserung der Schaubühne«, um Geschichten, die auf belehrende, doch heitere Weise dem Publikum die Idee des Theaters als »geregelte Kunst« von edler Gesinnung und als Erziehungsinstitut erläutern. In diesem Stück, geschrieben als muntere Rache an dem mächtigen Müller, als Nasenstüber für das altmodische, hanswursttreue Publikum, geht es um ihr wichtigstes Ziel: die endgültige Vertreibung des Hanswursts als ein Symbol für die »Afterkomödie«.

Von diesem Spiel ist wie von den meisten anderen auch kein verläßliches Zeugnis erhalten, aber es gibt einige Vermutungen nach mündlich überlieferten und Jahre oder Jahrzehnte später niedergeschriebenen Berichten, die diesen Tag zur Legende machten. Entscheiden wir uns für die wahrscheinlichste.

Das allegorische Vorspiel, das an diesem Oktobernachmittag 1737 im Bosischen Garten Premiere hat, heißt *Der alte und neue Geschmack*. Die Namen der darin auftretenden Personen – nach einem Theaterzettel für eine Hamburger Aufführung im gleichen Jahr – sprechen für sich. Da ist zum Beispiel »das Altertum« als eine Heldin dargestellt, »das Trauerspiel« erscheint königlich mit der Krone auf dem Kopf, »das richtige Urteil« als Göttin der Blumen, »der neue Geschmack« als junger wohlerzogener Mensch. Auch

»die Regel« findet sich in der Liste der Edlen, aber – vielleicht schon ein kleiner Seitenhieb auf Gottsched – als eine Sklavin.
Auf der anderen Seite stehen »das Vorurteil« als eine aufgeputzte Harlequinette, »Hanswurst«, der üble Kerl, als Cupido. »Bruder Dreck« kommt als maskierter *petit-maître*, als Stutzer, und »der alte Geschmack« als ein Bauer.
Hanswurst – die Neuberin selbst steckt in dem Kostüm aus bunten Fetzen – steht vor Gericht. Das Urteil ist ihm sicher: Er wird mit Lachen und Prügel von der Bühne vertrieben, mit seinen eigenen Waffen. Er muß nicht sterben oder wie Don Juan in der schwarzen Unterwelt rösten. Die Edlen der Schauspielkunst sind milde, sie wollen nicht vernichten, sondern bessern. Und auch sie lieben das Vergnügen und das Lachen. Sie lassen ihn leben, ziehen ihm das bunte Jäckchen aus und das reine weiße an. So wird aus dem Symbol des Klamauks das gewitzte Hänschen der satirischen geregelten Komödie.

Das stimmt nicht? Alles war ganz anders? Das mag wohl sein. Die Zeit hat viele Legenden um dieses Ereignis wachsen lassen. Die Überlieferung hat in einer anderen Version aus der Verbannung gar eine Verbrennung gemacht. Woran zu zweifeln ist, denn die größte Angst aller Prinzipale war die Angst vor Feuer in der hölzernen Bude. Nicht nur weil Hab und Gut vernichtet wurden, sondern weil es der Obrigkeit den besten Grund gab, die Komödiantengesellschaft für immer aus ihren Mauern zu verbannen.
Unsere Version, das zeigt die Geschichte, entspricht auch der zukünftigen Entwicklung der Theaterliteratur. Gottsched, der strenge Theoretiker und pedantische Gelehrte, dem selbst der Monsieur Molière mit seinen heldenlosen bitter-frechen Komödien zu leichtfertig und volkstümlich lustig ist, will den mutwilligen Witz vom Theater vertreiben. Für ihn zählen nur die streng geregelten Stücke nach den Prinzipien der fran-

*Johann Christoph Gottsched, 1774.*

zösischen Klassik. Was die Franzosen allerdings mit Eleganz und Leichtigkeit handhaben, zwängt er mit preußischer Strenge und staubtrockener Dramatik in starre Verse und reglementierte Gebärden. Wo der Professor Gottsched sagt, etwaiges Vergnügen müsse einzig aus den Versen kommen, aus dem vernünftigen Wort, weiß die Komödiantin Friederike jedoch, daß der Spaßmacher den Menschen lieb und wert ist. Sie will nicht »die lustige Person«, sondern den unflätigen Haudrauf, den kreischenden, furzenden Fratzenschneider vertreiben. Lachen und Tanzen, kluger Spott und freche Satire sind ihr so lieb wie die Kostüme aus Seide und Flitter. Sie will beides: das klassische Drama zur Belehrung und

Besserung der Menschen und das lustige Spiel zum Amüsement.

Der Professor habe ihr diese symbolische Vertreibung des Hanswursts aufgetragen, wird es später heißen. Aber das ist unwahrscheinlich. Solcher Art Vergnügen produziert sie ganz allein. Und längst läßt sie sich nichts mehr auftragen, sie hat selbst als Schriftstellerin einen Namen, und solche Vorspiele sind ihre Spezialität. Sie bemüht sich zwar stets um die Gunst des wichtigen Mannes, noch hat sie Respekt vor Gottsched und den Produkten seiner gelehrten Theorie. Aber sie hat schon gemerkt, daß die gar zu papieren sind, gar zu langweilig – wenn sie nicht mit einem Vor- und Nachspiel im heiteren Ton gewürzt werden. So wie die köstliche Schokolade, die ohne ein wenig Zucker bitter schmeckt.

Das Stück, oder besser die Aktion, macht Furore in Leipzig, und der Ruf, die Neuberin sei zurück und unterhaltsam zudem, dringt bis an den königlich-kurfürstlichen Hof in Dresden. Es ist gerade Jagdzeit, und Friedrich August II. zieht mit Gemahlin Josepha und reichem Gefolge auf das Jagdschloß Hubertusburg zum traditionellen Herbstvergnügen. Für die Unterhaltung wird diesmal nicht Müller, sondern die Neuberin mit ihren Komödianten im November aufs Schloß befohlen.

Endlich kommt der Ruf, auf den sie so lange gewartet hat, und die Hoffnung, in Leipzig unter der Ägide des Kurfürsten ein festes Theater bauen zu dürfen, bekommt neue Nahrung. Die Neuber'sche Gesellschaft spielt im Jagdschloß Komödien, Tragödien, lustige Vorspiele, die Prinzipalin trägt ein Huldigungsgedicht in reinen Versen vor, erbittet den Schutz der hohen Fürsten in vornehmen Alexandrinern – alles vergeblich. Als sie mit ihrer Komödiantenschar nach Leipzig zurückkehrt, hat sie zwar für ihre Vorstellungen an fünf Tagen freundlichen Beifall und auch hundert Dukaten bekommen, aber sie muß einsehen, daß sie für den Landesherren nicht mehr ist als Unterhaltung nach Tisch. Eine bittere Erkenntnis, über die auch die Erneuerung des sächsisch-polnischen Hof-Komödianten-Privilegs kaum hinwegzutrösten vermag.

Friederike Neuber ist nun vierzig, und man sagt, sie sehe um ein ganzes Jahrzehnt jünger aus als ihre Jahre. Noch gilt sie als eine schöne Frau und unermüdlich in ihrer Energie. Im ganzen Land, von Kiel bis Nürnberg, von Frankfurt bis Leipzig, wird sie als eigenwillige Prinzipalin, als Schauspielerin und als Poetin von hohem Talent gerühmt. Sie ist jetzt auf der Höhe ihres Ruhms – und dennoch wird ihre Kunst nur von wenigen wirklich geliebt. Sie spielt Theater für ein Publikum, das es noch gar nicht gibt. Der Sprung, den sie mit ihrer Theaterreform machen will, ist zu groß. Sie ist Avantgarde, und das wissen nur wenige zu schätzen. Ihre Mittel, die steifen klassisch-französischen Stücke, sind in Deutschland nur eine Übergangserscheinung. Ein unverzichtbarer Schritt auf dem Weg zu den menschlichen Dramen und Komödien der folgenden Epoche von Sturm und Drang und deutscher Klassik, die nur wenige Jahrzehnte später das Publikum in ihren Bann ziehen werden. Auch Kunst braucht Gewöhnung, und der Stil der Neuberin, »ihr« Theater, ist eben noch nicht die Vollendung der dramatischen Literatur. Es gehört zur Tragik der Neuberin, daß sie das nicht wissen konnte. Hätte sie es gewußt, so hätte sie sich zumindest weniger über das mangelnde Verständnis ihres Publikums ärgern müssen.
Das Publikum ihrer Zeit will sich von Komödianten unterhalten lassen, und Unterhaltung soll – nicht nur in dieser Zeit – für die meisten vor allem Ablenkung von den Sorgen des Alltags sein. Die Menschen suchen auf der Bühne, was sie selbst nicht dürfen: Morden und Prügeln, heruntergelassene Hosen und gehobene Röcke. Sie wollen sich von den Komödianten in schöne und schreckliche Welten führen lassen, wollen glitzernde Flugwerke sehen, falsche Sonnen und Liebesglück. Die

Menschen wollen glücklich lachen und voller Grausen erschauern. Die Augen sollen übergehen – nicht die Ohren taub werden vom genauen Zuhören, der Kopf müde vom vielen Denken. Wer will ihnen das verübeln?
Ja, die Neuberin ist berühmt, und wo immer sie ihre Bude eröffnet, eilt ihr viel Volk zu. Komödianten sind ja immer eine Attraktion, und berühmte um so mehr. Selbst Damen sind dabei, wenn sie Molière gibt und Racine. Aber die Attraktion hält stets nur für kurze Zeit, dann bleiben die Bänke leer wie die Kasse.
Aber Friederike Neuber ist ein sturer Mensch, so wie eine sein muß, die gegen Windmühlenflügel der Gewohnheit kämpft. Zäh sucht sie immer wieder Neues zur Verbesserung der Aufführungen. Auch als sie im Frühjahr des nächsten Jahres, 1738, trotz des letzten Eklats wieder in Hamburg gastiert, bringt sie Neuigkeiten mit. Diesmal sind es nicht nur die Stücke und Schauspieler, sondern auch eine ganz andere Art von Musik.
Singen, Laute schlagen, Trompeten und Geigen gehört bei den Wanderkomödianten schon immer zu jeder Aufführung. Nichts berührt die Seele so sehr wie Musik, und nichts gilt mehr als Oper und Singspiel. Nicht umsonst haben die meisten Wanderkomödianten sich bisher stets bemüht, mit ihrem Spiel der Oper zumindest ein wenig nahezukommen. Große Gesellschaften wie die Neuber'sche mieten ganze Orchester für ihre Aufführungen. Meistens sind es die örtlichen »Stadtpfeiffer und -geiger«. Die können mehr als Lärm nach Noten machen. In Leipzig zum Beispiel musizieren sie in diesen Jahren – verstärkt durch einige begabte Studenten – unter der Leitung des *Director musices* Johann Sebastian Bach als »Collegium musicum« zur Unterhaltung der Bürger. Im Winter sind sie im Zimmermannschen Coffee-Haus in der Katharinenstraße zu hören, im Sommer im Garten vor dem Grimmaischen Thore.

Auch die Hamburger Stadtpfeiffer sind geübte Musikanten, kein Wunder in dieser Stadt, die dank dem »Stadtmusicus« Telemann ein so ungewöhnlich reges Musikleben hat. Das schon 1693 gegründete Opernunternehmen am Gänsemarkt ist nun zwar bankrott – die letzte Vorstellung geht mit der Notiz »Julius Cäsar (Händel), Kam niemand und wurde nicht gespielt«[55] in die städtische Musikgeschichte ein –, aber Konzerte gibt es alle Tage. Das Opernhaus wird jetzt an durchreisende »Operisten« und Schauspielergesellschaften vermietet. Für ihr Gastspiel anno 1738 mietet auch die Neuberin das Haus mit der großen Bühne für hundertfünfzig Taler.

Was die Musikanten dort auf Geheiß der Prinzipalin für die Aufführung des *Polyeuctes* und des *Mithridates* von Racine einstudieren müssen, ist ungewöhnlich. Schon lange hat es die Neuberin gestört, daß die Theatermusik stets sehr beliebig klingt. Sie richtet sich nach der Lust der Musikanten und nicht nach Stimmung und Bedeutung des Geschehens auf der Bühne. Da folgt eine fröhliche Gigue auf Cäsars tragischen Tod, da leitet eine elegische Trauerhymne die kokette Tändelei der Schäferinnen ein. Das stört die Stimmung, und das will Friederike ändern.

Kompetente Hilfe findet sie bei dem Komponisten und Musikschriftsteller Johann Adolph Scheibe. Er ist der Sohn eines Leipziger Orgelbauers und war schon als Student der Rechte und der Philosophie ein Anhänger Gottscheds. Jetzt lebt er in Hamburg, ist im Kreise Telemanns zu Hause und komponiert mit ungeheurem Fleiß Sinfonien, Sonaten, »Kirchenstücke« und Oratorien, Flöten- und Violinkonzerte. Bekannt ist er jedoch vor allem durch seine Wochenschrift *Der critische Musicus*. Er gilt als Querdenker, aber sein Einfluß auf die musikalische und literarische Öffentlichkeit wächst beständig.

Scheibe ist ein Musicus, wie ihn die Neuberin braucht. »So verschieden die Tragödien und Komödien unter sich selbst sind, so verschieden muß auch die dazu gehörige Musik sein«[56], erläutert Scheibe seine Theorie der Theatermusik im *Critischen Musicus*. Für die Menschen des 20. Jahrhunderts eine Selbstverständlichkeit wie die Notwendigkeit einer Handlung im Drama; für die Menschen des frühen achtzehnten Jahrhunderts ein völlig neuer Gedanke: »Alle Symphonien zu Trauerspielen müssen prächtig, feurig und geistreich gesetzt sein... Ein Trauerspiel, in welchem die Religion und Gottesfurcht den Helden oder die Heldin in allen Zufällen begleitet, erfordert auch ... das Prächtige und Ernsthafte der Kirchenmusik. Wenn aber die Großmut, die Tapferkeit oder die Standhaftigkeit in allerlei Unglücksfällen herrschen: so muß auch die Musik weit feuriger und lebhafter sein... Ebenso müssen die Komödiensymphonien«, fährt Scheibe fort, »überhaupt frei, fließend und zuweilen auch scherzhaft, insbesondere sich aber nach dem eigentümlichen Inhalte richten. So wie die Komödie bald ernsthafter, bald verliebter, bald scherzhafter ist, so muß auch die Symphonie beschaffen sein.«[57] Scheibe ist der erste, der Theatermusiken komponiert, die dem Inhalt der Schauspiele in Stimmung und Tempo angepaßt sind, und er tut das für die Neuberin. Er kennt das Theater, und die Prinzipalin macht ihn auf die alltäglichen Notwendigkeiten aufmerksam. Es sei nicht entscheidend, wie viele Sätze die Zwischenmusiken haben, erläutert er den Lesern seiner Schrift, wichtig sei »nur die gehörige Länge, damit die Bedürfnisse der Vorstellung, als Lichtputzen, Umkleiden usw. indes besorget werden können.«[58] Besonders die Schlußsinfonie liegt ihm am Herzen: Sie »muß mit dem Schluße des Schauspiels auf das genaueste übereinstimmen, um die Begebenheit den Zuschauern desto nachdrücklicher zu machen. Was ist lächerlicher, als wenn der Held auf eine unglückliche Weise sein Leben verloren hat, und es folgt eine lustige und lebhafte Symphonie? Und was ist abgeschmackter, als wenn sich die Komödie auf eine fröhliche Art endiget, und es folgt eine traurige und bewegliche Symphonie darauf?«[59] Mit Johann Adolph

Mit Hoher Obrigkeitlicher Bewilligung

Wird heute von den

Königl. Polnischen Churfürstl. Sächsischen

und

Hochfürstl. Braunsw. Läneb. Wolffenb.

nunmehro auch

Hochfürstl. Schleßwig-Holsteinischen

# Hof-Comödianten

Ein deutsches Schauspiel vorgestellet werden,

Genannt:

**Das ruchlose Leben und erschreckliche Ende des Welt-bekannten**

**Ertz-Zauberers**

# D. Johann Fausts.

**Dabey wird unter andern vorkommen, und zu sehen seyn:**

Ein grosser Vorhof an des Pluto unterirdischem Pallaste an den Flüssen Lethe u Acheron

Auf dem Flusse kömmt Charon in seinem Schiffe gefahren, und zu ihm Pluto auf einem feurigen Drachen, welchem seine ganze unterirdische Hofstatt und Geister folgen.

D. Fausts Studirstube und Bücher-Kammer. Ein annehmlicher Oberirdischer Geist singt unter einer sanften Musick, folgende bewegliche Arie.

Fauste! was ist dein Beginnen?
Ach, was hast du doch gethan?
Bist du denn nun gar von Sinnen
Und gedenckest nicht daran
Daß an statt der Freud, die Pein
Und die Qvaal wird ewig seyn?

Ist dir denn die Lust zur Sünde,
Lieber als dein ewigs Wohl?
Machst du dich zum Höllen-Kinde
Das doch in den Himmel soll?
Ist dir der Verdammten Lohn,
Lieber als des Himmels Thron.

Kan dich denn gar nichts bewegen?
Ach so schau den Himmel an,
Wenn er durch viel Tropfen Regen,
Dich nicht gnug erweichen kan:
Mach dadurch dein Hertze weich,
Und erwehl das Himmelreich.

Ein Raabe kömmt aus der Luft und hohlet die Handschrift des D. Fausts.

HansWurst geräth ohngefehr über seines Herrn des D. Fausts Zauberey. Er muß stehen bleiben und kan nicht vom Platze gehen, bis er die Schuhe ausgezogen hat. Die Schuhe tantzen mit einander auf eine lustige Arth.

Ein fürwitziger Hof-Bedienter, welcher dem D. Faust verspottet, bekömmt sichtbarlich Hörner an der Stirne.

Ein Bauer handelt dem D. Faust ein Pferd ab, und so bald er es reitet, verwandelt sich das Pferd in ein Bündgen Heu. Der Bauer will den D. Faust darüber zu Rede stellen, Faust stellt sich als ob er schliefe, der Bauer zupft ihn, und reist ihm ein Bein aus.

Hans Wurst will gerne viel Geld haben, ihn zu vergnügen, läßt ihn Mephistophiles Gold regnen.

Die schöne Helena singt unter einer angenehmen Musick eine dem D. Faust unangenehme Arie, weil sie ihm damit seinen Untergang ankündiget.

D. Faust nimmt von seinem Famulo Christoph Wagnern Abschied. HansWurst macht sich auch davon, und die Geister hohlen den D. Faust unter einem künstlich-spielenden Feuer-Wercke hinweg.

Der unterirrdische Pallast des Pluto zeiget sich nochmahls. Die Furien haben den D. Faust, und halten um ihn herum ein Ballet, weil sie ihn glücklich in ihr Reich gebracht haben.

Das übrige wird angenehmer zu sehen als hier zu lesen seyn.

---

**Der Anfang ist um halb 5. Uhr, in dem so genannten Opern-Hause auf dem Gänse-Marck in Hamburg. Die Person giebt auf den ersten Rang-Logen 2 Marck, auf den andern Rang-Logen 1. Marck 8. Schill. Parterre 1. Marck und Gallerie oder auf dem letzten Platz 8. Schill.**

---

**Montags, den 7. Jul. 1738.** **Johann Neuber**

*Theaterzettel einer Faust-Aufführung von F. C. Neuber und ihrer Truppe im Opernhaus Hamburg, 1738.*

Scheibe beginnt eine Entwicklung, die in Beethovens Ouvertüre zu Goethes *Egmont*, in Mendelssohn-Bartholdys Ouvertüre zu Shakespeares *Sommernachtstraum* ihre Höhepunkte finden wird.
Wieder wird Theatergeschichte gemacht, die von den Zeitgenossen nicht erkannt und deshalb auch nicht belohnt werden kann. Nicht einmal von den Hamburgern, die die Musik doch so pflegen. Auch wenn die Vorstellungen mit der neuen Musik noch so festlich und feierlich geraten, diesmal haben die Hanseaten noch weniger Interesse an der Kunst dieser Komödianten als in den Jahren zuvor.

Die Zeit beginnt für Friederike Neuber nun bitter zu werden. Auch wenn ihr ein Kreis von gebildeten Bürgern die Treue hält, sie ermuntert und in ihren Zielen bestätigt, so wird die Erfüllung des Lebenstraums, der ihr stets gewiß schien, immer fragwürdiger.
Als sie sich vor mehr als zehn Jahren mit dem Magister Gottsched zusammentat, war sie davon überzeugt gewesen, Großes zu erreichen, die Zukunft des Theaters neu zu gestalten. Sie glaubte fest an eine neue, den Prinzipien der Vernunft folgende Theaterdichtung, an ein deutsches Stadttheater nach dem Pariser Vorbild. Und nun? Sie ist berühmt, aber die Bänke vor ihrer Bühne sind vor allem dann schlecht besetzt, wenn sie die französischen Dramen aufführt. Und selbst wenn sie Burlesken gibt und den Harlekin wieder springen läßt, reicht der Besuch nicht, um die Kasse zu füllen. Zwanzig Jahre spielen für eine Idee, zwanzig Jahre warten auf die Vernunft und den Verstand des Publikums – das ist lange. Was ist zu tun, wenn Menschen sich einfach nicht überzeugen lassen? Der Pöbel bleibt dem Hanswurst, dem starken Max und den Zauberern treu, die Bürger debattieren Fragen von Sprache, Vernunft und die Zukunft der besseren Moral in ihren Stuben und gelehrten Gesellschaften. Die Fürsten – ach, die Fürsten!

Was also tun? Zurück zur »Haupt- und Staatsaction«, dem blutrünstigen pompösen Gruseldrama im englischen Stil? Zum Stegreifspiel ohne Regel und gute Moral? Das kann und will sie nicht. Aber sie muß, wenn ihr die Schauspieler nicht weglaufen sollen, wenn sie essen und den Wirt und den Fuhrmann bezahlen will. Sie macht Kompromisse, spielt weniger Molière und Racine, mehr Burlesken und Vorspiele mit Tanz und Gesang. Aber es sind eben nur Kompromisse. Eine, die ausgezogen ist, ein deutsches Nationaltheater zu begründen, macht kein rechtes Hanswursttheater mehr.
Das letzte Mal reist die Neuber'sche Gesellschaft 1739 nach Hamburg. Sie spielt wieder im Opernhaus, aber das Gastspiel steht unter einem schlechten Stern. Nun sind auch Friederikes Komödianten unruhig geworden. Es gibt Streit, Rolleneifersüchteleien, Murren über die Prinzipalin und die Gagen. Viele arbeiten schon seit Jahren bei Friederike. Koch zum Beispiel seit dem Beginn ihrer Prinzipalschaft, Suppig, der so leicht auswendig lernt und die besten Prinzen und Liebhaber spielt, seit fast zehn Jahren, Schönemann seit 1730. Aber nun werden Drohungen laut, man wolle gehen, selber eine Theatergesellschaft gründen und Konkurrenz machen.
Kann es noch schlimmer werden? Als der »starke Mann« Johann Karl Eckenberg seine Bude in Hamburg aufschlägt, läuft ihr vom Laternenputzer bis zum Patrizier auch das letzte Publikum davon, um die Kraftkünste des Akrobaten zu bestaunen.
Die Neuberin hat das Nachsehen und vor allem immer mehr Schulden. Man nimmt ihr auch übel, daß sie nicht demütig um Hilfe bittet, wie es sich für eine Komödiantin gehört, sondern »ihr Selbstbewußtsein, ihre beleidigte Eitelkeit, ihren Stolz, oder wie man es nennen will, in laute Klagen über Geschmacklosigkeit, Kaltherzigkeit des Publikums ausbrechen«[60] läßt. Auch wenn sie noch so feine Huldigungsgedichte zu schreiben versteht, irgendwann ist genug gehuldigt. Diesmal schreibt sie

keins – eine geschickte Diplomatin ist Friederike Neuber nie gewesen.
Zwar findet sie noch Unterstützung bei Behrmann, dem Autor des *Timoleon.* Der ist nach wie vor ein treuer Freund und Anhänger, aber eine Komödiantentruppe mit zwanzig Köpfen braucht mehr als einen Helfer. Das Geld reicht nicht für den langen Weg mit den Karren des Mietfuhrmanns zurück nach Leipzig, und das Leben ist grau in diesen kalten Januartagen 1740 in Hamburg.
Und dann kommt – wieder einmal – ein rettender Ruf. Diesmal von ganz weit her, vom russischen Zarenhof in St. Petersburg.

## *Auf nach St. Petersburg oder Ein Streit um nackte Füße*

St. Petersburg – das liegt am Ende der Welt. Aber der Ruf nach den deutschen Komödianten wundert niemanden. Am Hof der Zarin Anna gibt es viele Deutsche. Die meisten hat ihr Vater, der große Peter I., als Minister und Förderer seines wachsenden Reiches ins Land geholt. Den mächtigsten, Graf Ernst Biron, hat sie selbst mit in ihre Heimat gebracht. Anna hat den schönen, für Politik und Intrigen hochbegabten Sohn eines herzoglichen Jägers aus Kurland erst zum Kammerjunker und schließlich zum Grafen und geheimen Herrscher Rußlands gemacht. Das will er bleiben, und er achtet gut darauf, seine Zarin bei Laune zu halten. Wenn sie deutsche Komödianten will, soll sie die besten haben. Und so ergeht durch die Vermittlung des sächsischen Gesandten am Petersburger Hof der Ruf an die Neuberin und ihre Komödiengesellschaft, die trotz aller Niederlagen immer noch als die beste gilt.

Reichtum und Pracht des Petersburger Hofes sind schon in diesen Jahren so legendär wie die Grausamkeit, mit der die Zaren ihre Macht erhalten. Tausend Taler kommen mit der Einladung zur Neuberin nach Hamburg. Genug, alle Schulden hier und in Leipzig und die lange Reise zu bezahlen. Auch genug, um den ignoranten Hanseaten einen bissigen Abschied zu bereiten.

Im Januar 1740 verabschiedet sich die Neuberin auf ihre Art. Die letzte Vorstellung im Opernhaus am Gänsemarkt – nicht ganz so spärlich besucht wie sonst, die Einladung an den Zarenhof macht ordentlich Eindruck – beendet Friederike mit einer Abschiedsrede, die zur Publikumsbeschimpfung gerät. Hier sind nur ein paar Zeilen daraus zu lesen, aber es ist eine lange Rede. Diesmal tritt sie nicht als Göttin oder Muse, sondern ganz als selbstbewußte Prinzipalin und Poetin, die sie trotz aller Rückschläge immer noch ist, an die Bühnenrampe:

»Ihr Freunde habt Geduld! Heut gehts die Feinde an,
weil sie der Rang betrifft, und sie sehr viel gethan
zu meinem Untergang. Ich will mich nicht beschweren
und sie aus Dankbarkeit vielmehr noch dafür ehren.
Hier hält mich wenig Gunst und kein Verdienst zurück,
darum gönnet wenigstens Euch und mir dieses Glück,
daß Ihr uns nicht mehr seht.«[61]

So beginnt sie und liest den Hamburgern, die den Hanswurst so lieben, die Leviten.

»Denn von der Schauspielkunst habt ihr sehr wenig
Licht,
weils Euch an Zärtlichkeit, Natur und Kunst gebricht
Das Lesen langt nicht zu, auch nicht nach Frankreich
reisen,
ein Schauspiel recht verstehn, erfordert einen weisen
wahrhaftig klugen Mann, der jede Wahrheit kennt,
die Tugend redlich liebt, und dem das Leben gönnt,
der Fleiß und Wissenschaft pflichtmäßig treibt und
übet,
der nicht blos um Gewinnst das wahre Gute liebet,
nein! der dem Guten folgt, und hätt' er nichts als
Hohn,
der kleinen Geister Haß und Spötterei zum Lohn. [...]
Ich lieb und ehr in Euch wahrhaftig alle Sorgen,
Verlust und alle Müh, die Ihr mir schwer gemacht;
weil Ihr mich doch dadurch zu keiner That gebracht,
die mich beschämen könnt. Die Schulden sind verschwunden,

> die ich aus Noth gemacht. Der Nutzen ist gefunden
> der Euch daraus erwächst. Ich bin geschätzt, vergnügt,
> versorgt, belohnt, gesucht. Das Glück nun überwiegt
> die kurze Kleinigkeit, die mich bei Euch gequälet…«[62]

Das ist ein Skandal! Frechheit, Hochmut, eine wahre Schmährede gegen die Vornehmsten der Stadt! Der Hamburger Magistrat reagiert sofort: Diesmal verbietet er nicht nur eine Aufführung, sondern zieht die Spielerlaubnis ein. Die Neuberin hat die Tore der Stadt nie wieder passiert. Doch welch ein genußvoller Triumph für Friederike, endlich einmal zurückzuschlagen, wo sie sich so lange mißachtet fühlte. Was interessiert sie noch die Hamburger »Concession«? Sie geht nach Rußland, um ihr Glück zu machen.

Für Gottsched in Leipzig ist diese Nachricht ein harter Schlag. »So verlieren wir in Deutschland wiederum ein Mittel den guten Geschmack zu befördern«, schreibt er am 12. März an einen Freund, »nämlich die einzige Comödie, die eine gesunde und vernünftige Schaubühne gehabt. In Sachsen fragt man nach solchen Sachen nichts, die von Auswärtigen mit sehr großen Kosten gesuchet werden. Was haben nun die freien Künste bei uns zu hoffen?«[63]

Zwar hatte es in der letzten Zeit offene Uneinigkeiten mit der selbstbewußten, energischen Prinzipalin gegeben. Besonders im letzten Jahr, als sie es ablehnte, die Übersetzung der Voltaireschen *Alzire* der Frau Luise Gottschedin einzustudieren. Die Neuber'schen Komödianten hatten das beliebte Stück in Hamburg schon in einer anderen Übersetzung gespielt; die Prinzipalin, sonst immer willig und bereit, aus schlecht gelungenen Stücken durch Umschreiben und Neulernen bessere zu machen, hatte das dieses Mal verweigert. Wegen der Mühe für die Komödianten, hatte sie gesagt. Tatsache war allerdings, daß die erste Übersetzung einfach die bessere, die lebendigere

war. Gottsched und seine Frau empfanden diese geradezu rebellische Haltung als eine schwere Kränkung.
Aber er arbeitet nun schon seit dreizehn Jahren mit Friederike an ihrem gemeinsamen Ziel und gehört zu den wenigen, die ihre Bedeutung erkennen. Auch wenn sie nie sein Geschöpf geworden ist, oft lästige, eigene Gedanken hat, ist sie mit ihrer Arbeit für ihn nach wie vor der Weg zu einer geregelten Schaubühne. Er braucht sie um so mehr, als sich in der literarischen Öffentlichkeit erster Widerstand gegen den Literaturpapst erhebt. Die *Deutsche Gesellschaft* hat er schon zwei Jahre zuvor nach Meinungsverschiedenheiten verlassen. Kritik verträgt er schlecht, und er glaubt immer noch fest an die Absolutheit seiner Erkenntnisse und Theorien. Und was ist eine Theorie ohne Praxis?

Mitte März 1740, nach einem Abschiedsaufenthalt in Leipzig, machen sich Friederike und Johann Neuber mit ihren Komödianten auf nach St. Petersburg. Die junge russische Hauptstadt, erst 1703 von Zar Peter I., genannt der Große, gegründet, ist auf vierzig Inseln in der Mündung der Neva in den finnischen Meerbusen gebaut. Für die neue europäische Großmacht Rußland ist St. Petersburg das prunkvolle Tor zum Westen. Fast der gesamte Auslandshandel des Zarenreiches passiert die neuen Hafenanlagen.
Die Komödianten der Neuber'schen Gesellschaft sind auf vielen Straßen des Landes gefahren, haben ungezählte Meilen mit Kutschen, Karren und vor allem zu Fuß hinter sich gelassen. Aber nun liegt die weiteste Reise ihres Lebens vor ihnen. Nicht alle Mitglieder ihrer Gesellschaft mögen sich auf diese Fahrt ins Ungewisse einlassen. Einige nutzen die Gelegenheit, um sich von der Gesellschaft zu verabschieden. Karl Gottlieb Heydrich zum Beispiel, und vor allem Johann Friedrich Schöneman, der seit zehn Jahren ein tragendes Mitglied der Gesellschaft war.

Als die Neuberin und ihre Komödianten in den ersten Maitagen ihr Ziel erreichen, haben sie eine wochenlange, erschöpfende Reise hinter sich. Von Leipzig sind sie über die Landstraßen nach Danzig gereist, dann weiter mit dem Schiff immer nach Nordosten. In den alten Hansestädten Riga und Reval, seit dem langen Zweiten Nordischen Krieg und dem Sieg des Zaren über den schwedischen König schon auf russischem Gebiet, hat der große Segler angelegt, um Fracht zu löschen. Es ist noch früh im Jahr, und die Fahrt durch die Ostsee war stürmisch und sehr kalt. Selbst die ganz Alten können sich nicht erinnern, daß sie je einen so harten Winter erlebt haben. Ganz Nordeuropa hat viele Wochen unter einer Decke von Schnee und Eis gefroren, und viele haben gehungert. Aber nun ist Frühling in St. Petersburg, und im Park um den Sommerpalast mit dem Hoftheater ist schon der letzte Schnee geschmolzen.
Peter I. hat das Theaterspiel in Rußland gefördert und als Mittel zur Verbreitung seiner Reformideen genutzt. Doch nun, fünfzehn Jahre nach seinem Tod, haben die sinnlicheren Vergnügen Oper und Ballett der Schaubühne längst den Rang abgelaufen. Dennoch werden die Komödianten aus dem fernen Sachsen am Zarenhof nicht nur freundlich empfangen, sie werden auch sogleich zu Hofschauspielern gemacht. Als sichtbares Zeichen dieser Ehre dürfen die Männer der Gesellschaft jetzt wie die gehobenen Bürger und Adeligen einen Degen tragen.
Zarin Anna liebt das Vergnügen mehr als das Regieren, und endlich hat sie die deutschen Komödianten, die sie haben wollte. Sie ist die italienische Oper und auch das Ballett ein wenig müde. Anna lacht gerne, und so gibt die Neuberin Komödie, deutsche Lustspiele und Possen.
Der Zarin gefällt das Spiel der Leipziger, und es ist ein freundlicher Sommer. Das Wetter ist mild, und die nördlichen Nächte schimmern in golden- und rosafarbenem Licht. Im Juni ist es

nicht viel länger als eine Stunde dunkel. So könnte es weitergehen, viele Sommer und Winter...

Aber wieder, wie zuvor in Braunschweig und Kiel, macht der Tod der Neuberin einen Strich durch die Rechnung. Im Herbst erkrankt Anna schwer, eine Infektion, so heißt es, von unerträglichen Kopfschmerzen begleitet. Als sie am 28. Oktober 1740 stirbt, ist auch die Zeit der Neuberin in St. Petersburg vorbei. Biron verschwindet in der sibirischen Verbannung, und die neue Regentin Elisabeth liebt außer der Macht und gutgewachsenen Männern nichts, was Anna liebte, schon gar kein deutsches Theater. Im Dezember wird die Neuberin »in ihre Heimat entlassen«.

Immerhin hat sie gut verdient. Das Kontor des Salz-Kommissariats hat aus den Geldern des Salzfonds »der Deutschen Schauspielergesellschaft 1500 Rubel und 2000 Rubel extra an die Inhaberin dieser Gesellschaft, Frau Neuber, ausgehändigt«[64].

Siegesbewußt, stolz und triumphierend war Friederike vor einem Jahr nach Rußland gezogen. Nun kehrt sie zurück nach Leipzig, vom Schicksal zerzaust, aber nicht geschlagen. Sie will immer noch ein festes Theater – wenn nicht in St. Petersburg, dann eben doch in Leipzig. Ostern 1741, zur Messezeit, rollen die Karren der Neuber'schen Gesellschaft wieder durch das Tor – erst jetzt, denn wegen des unerbittlichen russischen Winters hat sie monatelang in der russischen Hauptstadt auf Reisewetter warten müssen. Von den Rubeln sind nicht allzu viele übriggeblieben.

Leipzig ist das alte Leipzig. Die Pocken, die in Berlin jeden Siebenten getötet haben, haben Sachsen verschont und sind in Preußen geblieben. Auf der Messe ist wie alle Jahre bunter Trubel, und als Novität werden Kuckucksuhren aus dem Schwarzwald bestaunt. Der Thomaskantor Johann Sebastian Bach musiziert immer noch im Zimmermannschen Coffee-

*Friederike Caroline Neuber, Stich von Martin Leammel (um 1870), wahrscheinlich nach einer inzwischen verlorengegangenen zeitgenössischen Vorlage.*

Haus. Erst kürzlich hat er eine recht lustige und ein wenig frivole Kantate auf das Kaffeetrinken komponiert. Die und einige ähnlich vergnügliche Musikstücke hat der sonst so fromme Kantor für den Dresdener Hof erdacht. Aber seine Hoffnung, so zum Hofmusicus berufen zu werden, erfüllte sich nicht. Das hat er mit Friederike gemeinsam: Er ist ein eigensinniger Mensch und wird im Schloß nicht sonderlich geschätzt.

Auch Theater wird noch gespielt. Nicht nur Müller, der Hanswurst, treibt unermüdlich seine Possen. Der neue Stern am Himmel der Leipziger Theaterbewegung heißt Johann Friedrich Schönemann. Friederikes langjähriger Wegbegleiter ist zu ihrem Nachfolger geworden. Er leitet als Prinzipal eine eigene Schauspielergesellschaft, und nach einer vielversprechenden Zeit in Mecklenburgs Städten hat er sich erst vor wenigen Monaten dem Professor Gottsched als Kompagnon angeboten.

»Deutschland hat durch diese Abreise die einzig kluge und wohleingerichtete Schaubühne verloren, die es in seinen Grenzen gehabt hat«[65], hatte der resigniert festgestellt, als die Neuberin vor einem Jahr fortging. Auch den Verlust ihrer Dichtkünste, die im Gegensatz zu denen anderer Prinzipale durch Sprachgefühl und poetisches Talent hervorstechen, beklagte er: »Uns ist noch zur Zeit niemand als die Frau Neuberin, die einige Vorspiele in Versen gemacht, und Herr Koch bekannt worden, der diesen Namen [Poet, *d. Verf.*] durch die Verfertigung ordentlicher Schauspiele verdient hätte.«[66]

Gottsched ist mit diesem Urteil nicht allein. Der 1740 erscheinende 24. Band des renommierten *Großen Vollständigen Universallexicons aller Wissenschaften und Künste, welche bishero durch menschlichen Verstand erfunden und verbessert worden* von Johann Heinrich Zedler widmet der Dichterin Friederike Neuber zwei lange Spalten. Daß sie auch Schauspielerin und Prinzipalin ist, erwähnt Zedler nur in einem Nebensatz.

In Schönemann, dem Schüler der Neuberin, einem erfahrenen Schauspieler und tatkräftigen Mann, hat Gottsched nun guten Ersatz gefunden. Der ist zwar kein Poet, aber das macht nichts. Gottsched hat 1740 begonnen, *Die Deutsche Schaubühne, nach den Regeln der alten Griechen und Römer eingerichtet* herauszugeben. Aus dem ganzen Land sind auf seinen Aufruf hin übersetzte und neugedichtete regelmäßige Tragödien und Komödien nach Leipzig geschickt worden. Der Tisch in seinem Schreibkabinett ist voll davon, und sein neues Sammelwerk deutscher Theaterliteratur wird in den nächsten fünf Jahren in sechs Bänden erscheinen. Die Neuberin mußte alle Jahre auf neue Stücke warten. Schönemann, der Glücklichere, hat nun eine größere Auswahl und kann sich die besten aussuchen. Die Arbeit an der deutschen Schaubühne geht voran. Auch ohne Friederike Neuber.

Wieder einmal muß sich die Neuberin ein neues Theater suchen. In Zotens Hof in der Nicolaistraße mietet sie eine Reitbahn, die sie zur Schaubühne umbauen läßt. Sie hat Protektion. Graf Brühl, gerade zur Messe mit dem kurfürstlich-königlichen Hof in Leipzig, verhilft ihr zu der Sondergenehmigung, mit der sie auch nach der Messe zweimal in der Woche deutsche Schauspiele aufführen darf. Das ist ein guter Anfang. Das durfte bisher keine Komödiantengesellschaft, und das ist fast soviel wie ein festes Theater.
Heinrich Graf Brühl, einer der mächtigsten Männer Sachsens und »Aufseher über sämtliche Kassen« des Landes mag Friederike. Nur eine Laune – ihre Sorgen sind für ihn Bagatellen. Er ist andere Dimensionen gewöhnt. Die »Theaterlustbarkeiten« des Hofes haben mit der Arbeit der Wanderbühnen nichts zu tun. Für die Aufführung der italienischen Oper *Enzio*, die der Graf für seinen Fürsten und König im Hof des Dresdener Zwingers organisiert hat, wurde die Staatskasse um 48760 Taler geplündert. Vierhundert Schauspieler, Musikanten, Sänger, Tänzer, Gaukler und Feuerkünstler, hundertzwei Rösser, acht Maultiere, acht Dromedare und vier Elefanten haben das Spiel zum unvergeßlichen Ereignis gemacht.
Die Neuberin spielt nun zweimal die Woche, spielt ihre eigenen lustigen Vor- und Nachspiele zu den Tragödien von Racine und Corneille, den Komödien von Molière und Mariveaux.

*F. C. Neuber als Medea in Corneilles »Medée«, Rötelzeichnung aus dem 18. Jh.*

Auch die Werke des Monsieur Voltaire sind beim Publikum sehr beliebt, besonders sein Trauerspiel *Zaire*, das im Oktober dieses Jahres auf der Neuber'schen Bühne zum ersten Mal in deutscher Sprache aufgeführt wird. Es geht darin um die tragische Liebe des mohammedanischen Herrschers Orosman zu seiner christlichen Sklavin. Und es geht um die christliche Anmaßung, die einzig wahre Religion zu leben, und um die Toleranz gegenüber Andersdenkenden. Friederike spielt die Zaire, eine Rolle, auf die sie bis an ihr Lebensende stolz sein wird.

In diesen Monaten ist ihr Theater gut besucht. Sie war lange weg, und nun, nach der Rückkehr von der abenteuerlichen Reise ins ferne Rußland, sind die Leipziger wieder gerne Gast in ihrer Bude. Auch der Artikel in Zedlers *Universallexicon*, das in den Bibliotheken aller gebildeten Großbürger steht, wird eine gute Werbung gewesen sein. Und so verbreitet sich die Nachricht, die Neuberin behandele den Professor Gottsched nicht viel besser als anno 1737 den Hanswurst, wie ein Lauffeuer.

Gottsched ist gerade zum Rektor der Universität gewählt worden – für den außerordentlich ehrgeizigen Mann ein Triumph. Das Verhältnis zwischen dem Gelehrten und der heimgekehrten Prinzipalin steht allerdings nicht zum besten. Zwar hat er die Zusammenarbeit mit Schönemann erst aufgenommen, nachdem die Neuberin Deutschland verlassen hatte. Aber dennoch nimmt sie ihm übel, daß er den neuen Prinzipal bei ihrer Rückkehr nicht umgehend fallenläßt. Die langen Jahre der Zusammenarbeit waren zwar immer recht mühsam, aber wenn ein so wichtiger Mann diesen neuen gefährlichen Konkurrenten unterstützt, geht es nicht nur um die Ideale, dann geht es um die Existenz ihrer Gesellschaft. Und gerade jetzt, da eine wahre Flut geregelter Tragödien und Komödien aus dem ganzen Land eintrifft, kann sie davon kaum mehr profitieren. Was Gottsched ihr einst versprochen hatte, aber niemals liefern konnte, kommt nun Schönemann zugute. Das muß die Neuberin um so mehr verletzen und erzürnen, da der seine Kunst unter ihrer Leitung erlernt hat.

Und noch etwas macht Gottsched für Friederike so ungeheuer wichtig: Der einflußreiche Gelehrte war als Verbündeter zugleich ihre wichtigste Brücke zum Bürgertum. Friederike ist zwar seit mehr als zwei Jahrzehnten Komödiantin mit Leib und Seele, aber ihre bürgerliche Herkunft hat den Wunsch, auch als Komödiantin zu diesem bedeutenden und privilegierten Stand zu gehören, nie einschlafen lassen. Nicht zuletzt dieser Traum wird eine starke Antriebsfeder für ihr unermüdliches Ringen um die »Verbürgerlichung« des Theaters, um die »Hebung des Rufs« der Komödianten als ernsthafte Künstler und ihre Anerkennung als Bürgerliche gewesen sein.

Gottsched möchte mit beiden Theatergesellschaften zusammenarbeiten. Aber sein Versuch, die Neuberin wieder bei ihrer Arbeit zu beeinflussen, hat für ihn böse Folgen. Ein alter Streitpunkt zwischen den beiden ist von jeher die Frage der Kostüme gewesen. Gottsched will nun etwas sehr Befremdliches: Die Kostüme, fordert er, müßten der Zeit entsprechen, in denen die Tragödie spiele. Es sei ein Gebot der Natürlichkeit, daß römische Helden in römischer Tracht die Bühne betreten. Die Neuberin hat das stets verweigert. Sie weiß um die Freude der Zuschauer an viel Pracht. Sind schon die Stücke vernünftig, müssen doch die Roben recht glanzvoll sein. So ist es auch das Übliche in dieser Zeit. Nun kommt er wieder und bittet, doch zumindest einen Versuch zu machen, seinen *Cato* nur einmal im schlichten Römerkostüm zu präsentieren, so werde sie schon sehen und schnell seine Meinung teilen.

Bisher haben Cato, Cäsar, Brutus oder der korinthische Timoleon mit gepuderter Perücke, seidenen Kniehosen und Strümpfen, mit dem Federhut unter dem Arm und dem »Pariser Schwertchen« am Gürtel auf der Bühne ihr tragisches Schicksal deklamiert. Und nun im Römergewand? Gottsched denkt und fordert hier den nächsten konsequenten Schritt in der Reform des Theaters. Der Prinzipalin geht das aber entschieden zu weit. Sie findet die Idee lächerlich. So wie sie die Volksstücke »von der Unfläterei« gereinigt hat, hat sie auch die Theaterkostüme vom überladenen Flitter und von bombastischem Zubehör befreit. Aber glänzend und der Mode entsprechend prächtig sollen sie doch bleiben. Das liebt das Publikum, und das liebt sicher auch Friederike selbst. Die schlichten Gewänder der römischen Helden wirken doch gar zu ärmlich. Vielleicht hatte ihr zukünftiger Poet und späterer Kritiker Gotthold Ephraim Lessing recht, indem er ihr in dieser Sache nicht mangelnde Weitsicht, sondern Menschenkenntnis zuschrieb, wenn er später sagte, sie habe natür-

lich ihre Herren Hamburger, Leipziger und Frankfurter gekannt.
Aber jetzt ist die Neuberin rachedurstig, und sie verspricht listig, sie wolle nun endlich einen Versuch wagen.
So gibt sie als Nachspiel zur Burleske *Das Schlaraffenland* den dritten Akt des *Sterbenden Cato* – und das Publikum hat was zu johlen. Nicht nur das Kostüm ist rein römisch, selbst die Füße der Komödianten sind mit fleischfarbener Leinwand umwikkelt, um das Nackte recht natürlich auszudrücken. Auch Gebärden und Deklamation werden besonders »gottschädlich« präsentiert, und Johann, in der Rolle des Pharnazes, König aus Pontus, beendet den Spaß mit einem spöttischen: »Nun das war der Versuch!«[67]
Gottsched wollte Kunst und Ehre, er erntet nichts als Spott und schallendes Gelächter. Ganz Leipzig redet über die Satire, und das gefällt Friederike gut. Es füllt ihre Kasse und läßt sie über den treulosen Professor triumphieren. Schnell hat sich die Leipziger Theatergemeinde in zwei feindliche Lager gespalten: Es gibt die Gottschedianer und die Neuberianer. Friederike fühlt sich stark genug, einen zweiten Schlag zu führen.
Wenige Tage später, am 18. September 1741, läßt sie den Professor selber auf der Bühne erscheinen. Nicht leibhaftig, sondern als komische Figur in ihrem lustigen Vorspiel *Der allerkostbarste Schatz*. Ein Tadler werde zu sehen sein – ein Kritiker, der alles besser weiß – »als die Nacht, in einem Sternenkleide mit Fledermausflügeln, eine Blendlaterne, und eine Sonne von Flittergolde auf dem Kopf«[68], hat sie angekündigt. Niemand als Gottsched, einst Herausgeber der Wochenschrift *Die Vernünftigen Tadlerinnen*, kann damit gemeint sein, das versteht jeder, und Vertreter der beiden feindlichen Parteien finden sich an diesem Montag vor der Bühne ein. Die Aufführung wird zum Desaster – aber nicht für die Neuberin, sondern für den verspotteten Professor. Kaum hat das Stück begonnen, geht die Pöbelei los. Einige Anhänger Gottscheds

protestieren lautstark und mit Körperkraft. Aber die Zahl der Verehrer Friederikes ist größer, und nach einer schönen Prügelei werden die Gottschedianer – es sind bloß sechs Mutige – mit zerrissenen Kleidern und schmerzhaften Blessuren vor die Tür befördert. Das Spiel kann endlich beginnen.
Ganz Leipzig freut sich über diesen deftigen Theaterskandal, und am meisten lacht der mächtige Brühl, der sich das Spektakel nicht hat entgehen lassen. Als der wütende Gottsched von ihm das Verbot des Stückes fordert, lacht er noch lauter und befiehlt weitere Aufführungen. Der spektakuläre Streit zwischen der Prinzipalin und ihrem ehemaligen Gönner freut die Leipziger wochenlang. Aber dennoch bleibt Gottsched zuletzt der Sieger. Die Demütigung auf der Bühne und in Brühls Kabinett schürt seinen Haß. Sein Stern beginnt zwar allmählich zu sinken, aber noch hat er seine mächtige Gemeinde. Es ist ihm ein leichtes, Stimmung gegen die Neuberin zu machen.
Das Publikum hat seinen Spaß gehabt, aber es ist launisch, und das Theater wird bald leerer. Kohlhardt, der so besondere Tragöde und treue Freund, stirbt – wie einst der große Molière am Abend gleich nach der Vorstellung. Friederike ist trotz aller Rückschläge jahrelang bergauf gegangen. Es war ein mühsamer Weg, und den Gipfel hat sie stets knapp verfehlt. Nun beginnt endgültig der Abstieg, und der gerät zu einem einzigen großen Rutschen. Die Schulden werden größer, und die Last wird so schwer, daß Friederike zum ersten Mal den Leipziger Rat um Erlaß der täglichen Spielgebühr von zwei Reichstalern bitten muß. Das Gesuch wird abgeschlagen. 1743 entläßt sie ihre Komödianten und löst die Gesellschaft auf. Mit Johann und dem Komödianten Suppig, der ihr bis zu seinem Tod treu ergeben bleiben wird, findet sie bei dem Amtmann Kahle in der sächsischen Kleinstadt Oschatz Unterschlupf.
Doch sie wird nicht vergessen. In Zwickau erscheint in diesem

Jahr eine bitterböse Schmähschrift auf die Neuberin: *Probe eines Heldengedichtes – Leben und Thaten der weltberüchtigten und besten Comödiantin unserer Zeit, nemlich der Hoch-Edlen und Tugendbegabten Frauen Friedrica Carolina Neuber*[69]. Verfaßt ist das vermeintliche Lebensbild zur Ehrenrettung der Prinzipalin von zwei Zwickauer Brüdern mit dem fiktiven Namen Meyer. Es ist ein gemeines Pamphlet – und so ist es auch gedacht. Friederike wird darin als eine zänkische, frömmelnde Kokotte mit grauem Haar und Warze am Kinn gezeichnet, als eine Kaffeesüchtige und völlig unfähige Poetin und Prinzipalin. Johann, so wird berichtet, sei ein hölzerner Klotz mit stets hängendem Kopf, der sich sein mageres Taschengeld aus der Kasse stehlen müsse, um seine »Straßen-Nymphen« zu bezahlen. Acht Fortsetzungen des Werkes werden angekündigt, aber der Verkaufserfolg ist nicht groß, und die Fortsetzungen erscheinen nicht.

Der Klatsch über die Neuberin blüht, seit sie so still und plötzlich von der Bühne verschwunden ist: Sie sei nach Berlin gereist, um sich dort einen neuen sicheren Spielort zu suchen. Sie wolle sich scheiden lassen und einen Amtmann in Oschatz heiraten, dessen »Konkubine« sie sei, heißt es einmal. Johann habe eine Verwalterstelle, oder er sei Torschreiber geworden, beide führten nun ein ruhiges Leben, und es gehe ihnen gut, ein andermal. Nur ein Gerücht entspricht der Wahrheit: Sie habe ihre Gesellschaft neu gegründet und komme nach Leipzig zurück. Wer ihr das Geld für den Neubeginn gab, wer ihr half, Kostüme und Kulissen aufzutreiben, ist nicht bekannt. Vielleicht ein Gönner oder alter Freund in Dresden, wo sie sich während des Karnevals in den ersten Wochen des Jahres aufgehalten hatte.

Im April 1744 ist sie mit Johann wieder in Leipzig, aber im Theater in Zotens Hof spielt jetzt die italienische Operntruppe des Signore Financi. Eine protestierende Eingabe an den ihr bis dahin wohl gesonnenen Grafen Brühl wird abgewiesen. Ob

und wo sie in diesen Monaten in Leipzig oder anderswo gespielt hat, ist ungewiß.
Die meisten ihrer Komödianten sind zur Neuberin zurückgekehrt, so auch Koch, die junge Lorenzin und Heydrich, der doch vor der Abreise nach St. Petersburg mit Schönemann gegangen war. Ab dem Sommer 1744 kann sie in Leipzig wieder Komödie geben, und sie hat einigen Erfolg mit dem neuen Modekind Schäferspiel, mit den kraftvollen Volksstücken des Herrn Holberg aus Dänemark und den »empfindsamen« Lustspielen des jungen Gellert. Aber die Stadt, die sie als ihre Heimat bezeichnet, ist für Komödianten ein hartes Pflaster geworden. Die Neuber'sche Komödiantengesellschaft darf nur während der Messen spielen, die dreimal im Jahr stattfinden und jeweils etwa zwei Wochen dauern. Erst 1745 wird ihr gestattet, auch außerhalb dieser Zeit einmal in der Woche »zu agiren«. Es müssen hungrige Zeiten gewesen sein.
Noch einmal, im Herbst dieses Jahres, zieht sie mit ihrer Gesellschaft nach Frankfurt. Aber wo sie einst ihre größten Triumphe feierte, will sie nun niemand mehr sehen. Der Publikumsgeschmack ist launisch und folgt den Moden. Und die ändern sich schnell. Die Müller'sche Bande ist auch da, und vor deren Bühne drängt sich die begeisterte Menge. Die Vornehmen gehen in die Pantomine des Monsieur Nicolini, die wird »von lauter Kindern von 12–16 Jahren aufgeführet und ist sehr artig, die Verzierungen aber vom Theater prächtig und vielfältig. Diese Leute ziehen den größten Gewinnst. Überdieß sind die Operisten hier...«[70]
Zu viel kurzweilige Konkurrenz für Friederike Neuber und ihre Komödianten. Die Schulden drücken ständig und immer mehr. Sie werden sie nun nicht mehr verlassen.

## *Ein Feuerkopf aus Kamenz oder Ein Blick in die Zukunft*

Friederike Neuber hat ihr Leben lang gekämpft, aber nie so hart wie jetzt. Jetzt geht es ums Überleben. Schulden, Unruhe unter den Komödianten und immer weniger Publikum gehö ren nun zum Alltag. Aber dennoch, sie ist eine Institution in Leipzig, und auch wenn sie altert, hat sie in diesen Jahren gerade unter den jungen Menschen die meisten Bewunderer. Die Studenten zählen zu ihren ständigen Besuchern, und wo die Stadtpfeifer nicht für Friederikes Aufführungen spielen wollen, machen sie das Orchester. Vor allem einer, Pfarrersohn aus Kamenz, sitzt auf den Bänken vor ihrer Bühne, so oft er kann.

Er ist gerade achtzehn Jahre alt, studiert Theologie und heißt Gotthold Ephraim Lessing. Er ist ein Feuerkopf, und so einer hält es in der Stube, den Kopf über die Bibel gebeugt, nicht aus. Schon gar nicht in Leipzig, in dieser Stadt voller Gasthäuser und neuer Gedanken. Die Welt ist ja in Bewegung, und Philosophie und Literatur werden neu erdacht. Lessing und seine Freunde stürzen sich kopfüber in diese Welt, sie streiten und lachen, disputieren heiß, trinken Wein und rauchen den verderblichen Tobak.

Lessings höchstes Vergnügen jedoch ist das Neuber'sche Theater. Besser trocken Brot essen als einmal das Schauspiel versäumen. Aber weil der Hunger unerfreulich ist und die Frau Neuberin immer auf der Suche nach neuen Stücken, beginnt er mit einem Freund französische und englische Schauspiele ins Deutsche zu übersetzen. Den *Hannibal* von Mariveaux, den *Spieler* und den *Zerstreuten* von Regnard, die *Sophonisbe* von Thomson, die *Marianne* von Voltaire. Der neue französische Dichter, dieses strahlende Licht am Himmel der Vernunft, wird nicht nur von den Leipziger Studenten »der Göttliche« genannt. Selbst der preußische König bemüht sich, den Denker und Poeten an seinen Hof nach Berlin zu holen, und in Frankreich küssen die Menschen selbst aus den elendsten Hütten auf der Straße die Pferde seiner Kutsche.

Für die Übersetzungen erhält Lessing freien Eintritt und zugleich die beste Dichterschule, die er sich wünschen kann. Die braucht er auch, denn anstatt Psalmen, Gebote und Evangelien zu studieren, arbeitet er an seinem ersten mehraktigen Stück. »Diese Mühe«, wird er einige Jahre später schreiben, »ward mir durch das dasige Theater, welches in sehr blühenden Umständen war, ungemein versüßt. Auch ungemein erleichtert, muß ich sagen, weil ich von demselben hundert wichtige Kleinigkeiten lernte, die ein dramatischer Dichter lernen muß, und aus der bloßen Lesung seiner Muster nimmermehr lernen kann.«[71]

Aber er liebt das Theater nicht nur als Schule oder um der Schauspiele willen. Er liebt auch die Gesellschaft der Komödianten. Mit Koch, der ja auch ein Dichter ist, sieht man ihn alle Tage. Am meisten aber liebt er Christiane Lorenz. Die junge Actrice, schön, anmutig und mit musikalischer Stimme, ist der Schwarm aller Leipziger Studenten. Für Lessing ist sie die erste Liebe, für sie schreibt er Reime, und sie beflügelt nicht nur seine geistigen Leidenschaften.

Das Lustspiel, an dem er arbeitet, heißt *Der junge Gelehrte* und handelt von der Schädlichkeit, Bücher und gelehrte Theorien für wichtiger und wahrer zu nehmen als das Leben und die Liebe. Da kennt er sich aus, es ist sein eigener Zwiespalt: »Ich lernte einsehen«, schreibt er an seine besorgte Mutter in Kamenz, »die Bücher würden mich wohl gelehrt, aber nimmermehr zu einem Menschen machen.«[72]

Wer könnte den Wert seiner Arbeit besser beurteilen als die erfahrene Theaterprinzipalin? »Mit so vielen Verbesserungen

*Gotthold Ephraim Lessing, 1756,*
*Gemälde von J. A. Tischbein d. Ä.*

unterdessen, als ich nur immer hatte anbringen können, kam mein junger Gelehrter in die Hände der Frau Neuberin. Auch ihr Urteil verlangte ich; aber anstatt des Urteils erwies sie mir die Ehre, die sie sonst einem angehenden Komödienschreiber nicht leicht zu erweisen pflegte: sie ließ ihn aufführen.«[73]
*Der junge Gelehrte* ist ein Jugendwerk, es hat wenig zu tun mit *Minna von Barnhelm*, mit *Nathan dem Weisen* oder *Emilia Galotti.* Es ist ein aus der Zeit, aus der Theaterpraxis des frühen achtzehnten Jahrhunderts geborenes Lustspiel, aber doch mit einem eigenen satirischen Ton. Es handelt nicht von Helden oder Göttern, sondern – den Molièreschen Komödien ähnlich – von Bürgern. Es paßt gut auf die Leipziger und besonders auf eine Spezies dieser Stadt, die sowohl Lessing als auch die Neuberin nicht mögen: auf den lebensfremden, staub-

trockenen Gelehrten, der immer recht hat, dem nichts gilt, was er nicht in alten Büchern gelesen hat.
Die Neuberin ahnt in ihrem jungen Übersetzer den Dichter der Zukunft. Sie kennt die Literaten ihrer Zeit und merkt, daß da endlich eine neue Generation von Dichtern heranwächst. Sie hat Stücke von Johann Elias Schlegel aufgeführt, Erfolg gehabt mit Gellerts *Betschwestern.* Es sind ein wenig süßliche, lehrreiche Lustspiele, aber doch viel lebendiger als die erhabenen Übersetzungen aus dem Französischen der Gottschedianer. Und nun kommt dieser junge Student und bringt ihr eine wohlgereimte Satire. Jetzt hat sie einen von denen entdeckt, auf die sie all die Jahre gewartet hat.
Am 8. Januar 1748 erlebt der junge Poet auf der Bühne der Neuberin seinen ersten Erfolg: »Wenn nach dem Gelächter der Zuschauer und ihrem Händeklatschen die Güte des Lustspiels abzumessen ist, so hatte ich hinlängliche Ursache, das meinige für keines von den schlechtesten zu halten. Wann es aber ungewiß ist, ob diese Zeichen des Beifalls mehr für den Schauspieler, oder für den Verfasser gehören; wenn es wahr ist, daß der Pöbel ohne Geschmack am lautesten lacht, daß er da oft lacht, wo Kenner weinen möchten: so will ich gerne nichts aus dem Erfolge schließen, aus welchem sich nichts schließen läßt. Dieses aber glaube ich, daß mein Glück sich auf dem Theater würde erhalten haben, wenn es nicht mit in den Ruin der Frau Neuberin wäre verwickelt worden. Es verschwand mit ihr aus Leipzig, und folglich aus dem Orte wo es sich, ohne Widerrede, in Deutschland am besten ausnehmen kann.«[74]

Der Ruin der Frau Neuberin. Auch ein junger, stürmischer Dichter wie Lessing kann den nicht mehr aufhalten.
Als Schönemann im März 1749 wieder nach Leipzig kommt, beginnt der letzte Akt des Dramas. Er hat erfolgreiche Wanderjahre hinter sich, hat das preußische Privileg in der Tasche

und bringt eine große Zahl ausgezeichneter junger Schauspieler und Schauspielerinnen mit. Er hat bei der Neuberin Komödie- und Tragödiespielen gelernt. Aber da, wo sie an ihren vor zwanzig Jahren festgelegten Regeln und Theatertheorien noch zu sehr festhält, zeigt sich Schönemann flexibler. Das Spiel seiner Truppe ist weniger pathetisch, es ist tatsächlich »natürlicher«. Gottsched und die Neuberin empfanden das klassisch-französische Spiel mit seinen steifen Deklamationen und den tänzelnden, genau vorgeschriebenen Gebärden und Bewegungen als vernünftig und natürlich. Im Vergleich mit dem bisher üblichen Bombast und Klamauk der Wanderbühnen, hatten sie recht. Doch die Zeit geht weiter. Die Neuberin hat eine Tür geöffnet, aber sie ist nur ein paar Schritte hindurchgegangen. Sie hatte genug Mühe, den schmalen Spalt in die Zukunft des Theaters offenzuhalten. Schönemann und andere jüngere Prinzipale sind hindurchgeschlupft und gehen weiter, immer geradeaus.

Die Neuber'sche Komödiantengesellschaft oder das, was von ihr übriggeblieben ist, spielt in Leipzig, zieht auch ab und zu durch Sachsens Kleinstädte und Dörfer, aber die Kasse bleibt meistens ziemlich leer. Die besten Schauspieler sind Friederike in den letzten Monaten davongelaufen. Koch, Heydrich, die Lorenzin und einige andere sind im Sommer 1748 einem Ruf an das Wiener »Theater am Kärntnertor« gefolgt, um dort die Neuber'schen Reformen der »Leipziger Schule« einzuführen.

Auch Lessing ist verschwunden. Die enge Freundschaft mit den Komödianten mag ihm zwar beim Dichten geholfen haben, aber sie hat ihn auch in eine schwere Bredouille gebracht. Komödianten – so heißt es – haben alle Tage Schulden. Und auch wenn die Neuber'schen sich ganz ungewöhnlich gut und bürgerlich benehmen – in diesen harten Zeiten haben sie tatsächlich welche. Um Leipzig verlassen zu können, brauchten Koch und seine reiselustigen Freunde einen Bürgen, und Lessing, selbst immer in Geldnot, aber verliebt und ein treuer Freund, bürgt für sie mit seinem Namen. So hofft er, seine Christiane recht bald zurückzubekommen. Aber die bleibt in Wien, und schon lange bevor sie dort Karriere macht und Frau Huber wird, muß er, den Büttel im Genick, bei Nacht und Nebel aus Leipzig flüchten.

Nun ist Schönemann in Leipzig und will, wie Jahre zuvor der Hanswurst Müller, nicht nur Friederikes Publikum, sondern auch ihren wieder in Besitz genommenen Theaterraum in Zotens Hof. Er bekommt ihn schnell. Der Hausbesitzer ist die ewigen Schulden der Frau Neuberin leid und vermietet Schönemann die Bühne.

Diesmal stellt sich der Stadtrat nicht auf die Seite der protestierenden Prinzipalin. Schließlich weiß jeder, daß ihr Theater nur noch spärlich besucht ist. Studenten kommen zwar – die Universität findet diesen Einfluß auf die jungen Menschen neuerdings sehr verwerflich – und ab und zu auch »Geheime Räthe« und Vornehme. Aber die das Geld mitbringen und die Kasse füllen, das Volk und die Bürger der Stadt, gehen nur noch selten in die Neuber'sche Komödie. Schon drei Jahre lang hat sie ihre Spielgebühren nicht bezahlen können. Der Leipziger Almosen-Cassa, der die Komödiengebühren in Leipzig wie auch in anderen Städten zustehen, schuldet sie schon mehr als achthundert Taler.

Wieder beginnt der Kampf um eine Spielstätte, und wieder gehen Schreiben und Bittbriefe hin und her, an den Rat der Stadt Leipzig, an den König, an seine Minister. Sie werden schließlich »a. a.« gelegt, *ad acta.* Auch das Angebot der Neuberin, für jeden Spielabend sechs Groschen extra zu entrichten, hilft ihr nicht im Kampf gegen ihren ehemaligen Schüler.

Schönemann zieht mit seinen Komödianten in das Theater in Zotens Hof ein, und die Neuberin versucht zu retten, was zu retten ist. Das ist nicht mehr viel. Einen Teil der Garderobe

muß sie versetzen, um Schulden zu bezahlen. Einige ihrer guten, davongelaufenen Schauspieler hat sie durch neue ersetzen können. Durch Karl Theophil Döbbelin zum Beispiel, der schön pompös zu deklamieren versteht und ein Vierteljahrhundert nach dem Tod der Neuberin das Königliche Nationaltheater zu Berlin im Schauspielhaus am Gendarmenmarkt gründen und leiten wird. Aber die Neulinge müssen vor allem lernen, Attraktion sind sie nicht.
Auch ist das Pompöse nicht mehr gefragt. Obwohl Friederike stets an der Veränderung der Theaterwelt gearbeitet hat, nimmt sie nicht wahr, daß die dramatische Kunst sich weiterentwickelt und sie schon überholt hat. Sie hat ihr Leben lang gegen Widerstände gekämpft – nun sieht sie nur noch Intrigen gegen ihre Person.
Schönemann bietet allen Einfluß auf, um seine ehemalige Prinzipalin und Lehrerin aus Leipzig zu verdrängen. Er hat die Trümpfe in der Hand: Er genießt nicht nur Gottscheds Protektion, sondern auch den Beifall der Menge. Er hat die besseren, schwungvolleren Übersetzungen und gute junge Komödianten. Allen voran der junge Conrad Ekhof, der zwar nicht schön ist, aber sehr talentiert. Er wird das Bemühen der Neuberin um das deutsche Nationaltheater und um die Anerkennung der Schauspielzunft wie kein anderer fortsetzen. Goethe wird ihn als einzigen tragischen Schauspieler Deutschlands ehren, und daß er schon mit achtundfünfzig Jahren tuberkulosekrank und wassersüchtig an zuviel Laudanum stirbt, ist nur das konsequente Ende eines harten, unerfüllten Lebens. Denn auch er hat vergeblich davon geträumt, Leiter eines großen festen Theaters zu werden. Aber jetzt ist er jung, kaum über zwanzig, und für Schönemann ein Glücksfall.
Der ist ein unternehmender Mann, charmant und klug, er weiß sich zu bewegen in dieser Männerwelt. Und er verursacht keinen Argwohn, wie eine Frau es tut, ein Weib, das dreist einen bedeutenderen Platz als sein Ehemann einnimmt, das mit Un-

gestüm und Spott reagiert, wo Diplomatie und Untertanengeist gefragt sind. Da helfen auch die schön gereimten ehrfurchtsvollen Verse nichts mehr, die sie auch jetzt wieder ihren Bittgesuchen beifügt. Man ist ihrer müde. Ihre Beschützer sind tot oder haben sich ihren Nachfolgern zugewandt. Sie hat nicht mehr den Glanz der jungen temperament- und geistvollen Schönheit, der energischen Frau, die mit wehenden Locken und fester Stimme den Sieg von Geist und Vernunft von der Bühne herab verkündet.
Überhaupt, die Zeit des Französischen ist vorbei. Die schleppenden Alexandriner und die langweiligen, ungebrochenen Helden werden sich noch einige Zeit in der Theaterliteratur halten, aber Sprache und Handlung verlieren das künstlich Heroische, beginnen tatsächlich »natürlicher« zu werden. Auch ihre Inszenierungen von lustigen Stücken und Schäferspielen mit Gesang und Tanz entsprechen offenbar nicht mehr dem sich wandelnden Publikumsgeschmack.
Noch gibt sich die Neuberin nicht geschlagen. Im Oktober eröffnet sie wieder einen kleinen Theatersaal, diesmal auf einem Färberboden »im großen Blumenberge«. Doch Melpomene, die von der Neuberin so verehrte edle Muse der tragischen Dichtung, wendet ihre Gunst nun endgültig anderen zu.

Es ist schon schwer genug, in Leipzig neben Schönemann zu bestehen, aber dann, 1749, kommt Koch aus Wien zurück, nicht als Retter in der Not, sondern als entschlossener Konkurrent. Er kommt wie ein Donner, rollt alles auf, was ihm im Wege ist. Er hat weder Kostüme noch eine vollständige Komödiantentruppe und schon gar keine Bühne. Aber er bewirbt sich gleich um das sächsisch-polnische Privileg – und er bekommt es sofort. Graf Brühl, bis vor kurzem noch Protektor der Neuberin, unterschreibt persönlich die Urkunde.
Jetzt ist Koch »Hoff-Comoediant«, jetzt will er ein Theater,

und zwar das auf dem Blumenberge. Mehr als zwanzig Jahre hat er mit der Neuberin gearbeitet, ihr Schicksal war auch seines, ihre Erfolge waren seine. Daß er sie in einer Zeit der höchsten Not verlassen hat, um in Wien mehr Glück und Verdienst zu suchen, hat sie schwer getroffen. Aber daß er nun kommt, um ihr den letzten Stoß zu geben, schmerzt und empört mehr als alle bisherigen Niederlagen.
Er ist nur sechs Jahre jünger als die Neuberin, aber er steht als Prinzipal noch am Anfang. Er hat also nicht viel Zeit, und jede Konkurrenz ist ihm deshalb doppelt bedrohlich. Mit Schönemann, dem langjährigen Kollegen, einigt er sich schnell: Der zahlt an Koch, den privilegierten Hofkomödianten, für jeden Spieltag drei Reichstaler und wird in Ruhe gelassen. Der Neuberin wird ein solches Angebot nicht gemacht. Sie soll, so fordert Koch selbstbewußt und erbarmungslos, das Theater am Blumenberg und damit Leipzig umgehend verlassen.
Es ist schwer zu begreifen, daß Menschen, die viele Jahre eng miteinander gearbeitet und gelebt haben, plötzlich so unbarmherzig handeln. Der Neuberin wird in alten Literatur- und Theaterabhandlungen immer wieder Herrschsucht nachgesagt. Sie war ganz ohne Zweifel außerordentlich energisch, und vielleicht war sie tatsächlich eine Tyrannin. Wie sonst hätte sie all die Jahre ihre Truppe beieinander halten sollen, wenn nicht mit eiserner Disziplin? Aber wären die meisten ihrer Schauspieler viele Jahre, einige wie auch Koch zwei Jahrzehnt bei ihr geblieben, wenn sie durch ihr Verhalten solche späten Reaktionen wie die von Koch und Schönemann provoziert hätte?
Wahrscheinlicher ist, daß die Härte des Komödiantenlebens den erbarmungslosen Konkurrenzkampf selbstverständlich machte. Auch Alte und Schwache mußten, sobald sie sich als Last erwiesen, ihre Gesellschaft verlassen. Sozialen Schutz gab es in dieser Zeit, wenn überhaupt, nur in den Familien.

Nie war Friederikes Lage verzweifelter: »Ist also alles nur dahin abgezielet, mich gänzlich zu verderben, und da ich alle mein Vermögen, auch was ich in anderen Ländern verdienet und hierher gebracht, an das Theater-Wesen gewendet habe, mich davon zu jagen, und zur Belohnung vor alle meine sauere Arbeit, so ich an die Comoedianten gewendet, mich an den Bettelstab zu bringen, und da auch das Betteln verboten ist, mich endlich Hungers sterben zu sehen.«[75]
Diesmal hilft nichts und niemand. Koch überbietet den Pachtzins der Neuberin, er bekommt den Theaterraum am Blumenberge, und die Neuberin muß gehen. Koch ist als Schauspieler bekannt und beliebt, als neuer Prinzipal wird er in Leipzig sofort akzeptiert. Zwar spielt er immer noch die Franzosen, aber mit mehr Leichtigkeit und sowieso am liebsten Molière. Dafür ist er schon berühmt. Vor allem bringt er häufig operettenhafte Singspiele, und das gefällt.
Er hat mehr Glück als die Neuberin. Ihm gelingt, was sie ihr Leben lang wollte: Er schafft »das erste ständige Deutsche Schauspiel«[76] in Leipzig. Während die Neuberin in der Messestadt nur ihren Hauptspielort hatte, in den sie nach ihren Wanderungen immer wieder zurückkehrte, spielt Koch von 1750 bis 1758 ständig in Leipzig. Acht Jahre später, 1766, wird die Stadt an der Rannischen Bastei ein großes steinernes »Comoedienhaus« errichten lassen, das als das erste dauernd bespielte Stadttheater in Deutschland gilt.
Mit Friederike Neuber hat das alles schon nichts mehr zu tun. Sie ist für immer aus Leipzig vertrieben. Noch im selben Jahr, 1750, wird erzählt, daß man die Neuberin samt ihrem Mann Johann aus Zerbst, der kleinen Residenzstadt der Anhalter Fürsten, wegen wachsender Schulden in Schimpf und Schande ausgewiesen habe. Auch sei Suppig, ihr treuester Komödiant, dort gestorben, und sie habe ihre Gesellschaft endgültig auflösen müssen.

## *Der letzte Akt oder Ein Denkmal aus Pirnaischem Stein*

Mehr als dreißig Jahre ist Friederike nun als fahrende Komödiantin durch das Land gezogen, siebenundzwanzig davon als Prinzipalin, und immer stand sie in der ersten Reihe. Sie war Soubrette, Heroine, Schäferin, sie hat deklamiert, getanzt, gesungen. Hat Regie geführt, gedichtet, junge Komödianten die Schauspielkunst und die Sprache gelehrt, manche das Denken. Sie wurde verehrt und verspottet, bejubelt und verlacht, erfuhr Freundschaft und Verrat, Erfolg und Niederlage. Sie hat alles erlebt, was eine große Komödiantin ihrer Zeit erleben kann. Nein, nicht ganz. Sie hat niemals Reichtum erfahren. Auch wenn Komödianten zu den armen Leuten gehören, einige wenige haben es auch mit geringeren Talenten zu großem Reichtum gebracht. Aber die waren weniger eigensinnig, paßten besser in ihre Zeit, saßen nicht wie Friederike stets zwischen den Stühlen. Die wollten Komödie spielen, das Publikum erfreuen und die eigene Cassa. Das ist der einfachere Weg. Vielleicht hätte die Neuberin den gehen können. Das Leben in der zweiten Reihe mag das weniger bedeutsame sein, aber vielleicht ist es das glücklichere.

Doch es ist nicht gewiß, ob Menschen wirklich wählen können zwischen dem bequemen, ruhigen Weg und dem mühsamen, abenteuerlichen. Wer so ist wie die Neuberin, wie die Veltin vor ihr, wie Ekhof und auch Lessing nach ihr, wird niemals ruhig leben. Für den gibt es kein Glück im Alltäglichen. Wer so viel will, wird immer kämpfen müssen. Und das ist sicher, die Neuberin wollte stets alles, und das sofort. Sie konnte sich nicht damit begnügen, ein Rad in der Theatergeschichte zu sein, eine Schaufel Sand beim Bau eines großen neuen Hauses.

Sie hatte eine Vision. Aber sie hatte keine Geduld, keine Einsicht in die Dauer der Dinge.
Sie war zornig, wenn ihr Steine in den Weg gelegt wurden, wütete mit Spott gegen die Sieger über ihre Niederlagen, brach trotzig Brücken ab, statt neue, festere zu bauen. Bis in ihre letzten Theaterjahre hat sie immer wieder neue Sprünge getan, mit geradezu starrsinniger Beharrlichkeit versucht, ihren Traum vom Nationaltheater und vom gereinigten Schauspiel als Spiegel für die Besserung der Menschen zu erzwingen.
Die letzten Jahre, der lange Ausklang dieses kämpferischen Lebens, sind eine Elegie. Friederike und Johann sind nur einiges über fünfzig – alte, arme Komödianten. Sie haben keine Familie, die sie aufnimmt, keinen Prinzipal, der sie für Brot und Bett die Rolle des zärtlichen Alten, der stillen Mutter der Heldin spielen läßt. Alt? Verbraucht? Friederike ist wohl nicht mehr jung, ihr Gesicht zeigt hier und da eine Falte, der Schritt ist schwerer, die Stimme weniger hell. Aber war sie nicht drei Jahrzehnte eine der ersten Komödiantinnen im Land?
Also reist sie als Schauspielerin durch die Städte, ernährt sich und Johann mehr schlecht als recht. Die Einladung nach Wien 1753 ist Rettung und Ehre zugleich. Kaiserin Maria Theresia, obwohl seit vielen Jahren mit halb Europa ständig im Krieg, will nicht nur ihr Heer, die Verwaltung und das Schulwesen reformieren, sondern auch das Wiener Theater. Während im Norden des Reiches der Hanswurst schon fast ausgedient hat, ist er im Süden und ganz besonders in Wien nach wie vor der erklärte Publikumsliebling. Dies, so das Gebot des Hofes, sei trotz des Scheiterns früherer Versuche zu ändern. Das Schauspiel soll nach dem Beispiel der »Leipziger Schule« gesittet werden, Stadtbibliothekar Philipp Lambacher ist schon zum Zensor bestellt. Und man hat sich der berühmten Reformatorin, der Prinzipalin dieser Schule, erinnert.
So macht sich Friederike Neuber auf die lange Reise nach

Wien an die »k. k. privilegierte Stadtschaubühne nächst dem Kärntnertor«. Sie gibt, was sie gelernt hat – aber die Entwicklung des Theaters hat sie auch in Wien schon lange überholt. Was vor einem Jahrzehnt in Leipzig, in Frankfurt und Straßburg, in Kiel und Braunschweig als »vernünftig« und natürlich Furore machte, wird nun als pathetisch und unnatürlich verlacht.

»Die Frau Neuberin ist von Frankfort berufen worden«, schreibt ein Zuschauer am 27. Juni 1753 an Gottsched nach Leipzig, »und alß sie auftrat, so nahm man zwar eine vernünftige Actrice wahr, allein ihre Stimme war so schwach, daß man sie fast nicht verstund. Ein andermahl schrye sie und polterte über die maßen, daß sich die Stimme überschlug. Dann will sie sich im Aufputz nicht nach Wien richten. Sie kam als Königin wie eine neapolitanische aufgeputzte Princeßin zum Vorschein. Ihr Kopf sah dem Kamme eines Schlittenpferdes gleich.«[77]

Daß man ihr faules Obst an den mächtig geputzten Kopf wirft, erfährt Gottsched in diesem Brief nicht. Auch nicht, daß sie gezwungen ist, Rollen mit »Accidenzien-Vorfällen« zu übernehmen. Die werden extra bezahlt, denn sie bedeuten Ohrfeigen und Fußtritte. Wo die Schauspiele nach den Regeln der französischen Klassik – Anordnung der Kaiserin hin oder her – vom Publikum abgelehnt werden, wird wieder Burleske gespielt, und Friederike ist die komische Alte.

Aber das Leben in Wien ist nicht nur bitter, denn sie ist ja auch eine Dichterin. Ihr fünfaktiges Lustspiel in Versen *Das Schäferfest oder Die Herbstfreude*, das zum Namenstag Maria Theresias aufgeführt wird, ist ein Erfolg. Das galante Schäferspiel bringt der Theaterleitung gute Einnahmen. Friederike hat davon wenig, die Dichter bekommen ja nur ein paar Taler für ihre Arbeit. Und die Ohrfeigen kann das auch nicht wettmachen. Die Neubers verlassen Wien zum Ende des Jahres 1754.

Noch einmal versucht sie sich als Prinzipalin mit einem kleinen Häuflein von Komödianten in Dresden und den umliegenden Kleinstädten. Ein letztes Mal träumt sie ihren Traum vom festen Theater und bewirbt sich mit Johann um die Leitung der herzoglichen Bühne in Weimar. Aber vergeblich, ihre Zeit ist nun endgültig vorbei.
Als 1756 der Dritte Schlesische Krieg, der später der Siebenjährige genannt werden wird, zwischen Preußen und Österreich ausbricht, muß sie auch ihre letzte kleine Schauspielergesellschaft auflösen. Das preußische Heer marschiert in das mit dem feindlichen Österreich verbündete Sachsen ein, und das Elend des Krieges ist nun nicht mehr nur eine »Zeitung«, eine Neuigkeit, die im Gasthaus erzählt wird, sondern bittere Realität. Das Leben wird schwer in Sachsen, und für Fahrende ist kein Platz.

Viele, die von ihrer Nachwelt als Meilenstein in der Geschichte gefeiert werden, enden alt und krank in der Gosse. Viele Komödianten sterben am Hunger, mehr noch an der Schwindsucht. Friederike und Johann Neuber haben Glück. Sie finden Unterschlupf beim kurfürstlich-königlichen Leibarzt Dr. Löber in Dresden. Löber, stets ein Verehrer Friederikes und ihrer Kunst, gibt ihnen eine Kammer im Souterrain seines Hauses in der Pirnaischen Gasse. Die Stube ist warm, und am Fenster steht ein Tisch, daneben ein kleines Regal mit Büchern – ein guter Platz, um Gedichte zu schreiben. Als Dresden im September von preußischen Soldaten besetzt wird, muß das Ehepaar die Stube mit einquartierten Soldaten teilen, aber die haben Respekt vor der ehemaligen Prinzipalin. Ihr »Tisch war den feindlichen Soldaten heilig, nicht eine Tabakspfeife legten sie jemals darauf«[78].

Sie sei hart geworden im Alter, böse und ungerecht. Das mag für die letzten Jahre der Prinzipalin stimmen. Aber für die letzten Jahre der Friederike Neuber in Löbers Unterstube gilt das nicht. Aus zwei Briefen, die sie in den vertrauten Versen an einen alten Freund schreibt, der ihr 1759 aus Warschau mit einem liebevoll tröstenden Brief ein wenig Geld schickt, spricht zwar immer noch die Sehnsucht nach dem Theater und der großen Welt, die ihr ganzes Leben bestimmt hat, aber zugleich eine abgeklärte Gelassenheit:

»Viel brauch ich nicht, ich nehm vorlieb, und hüte mich für vielen Klagen,
Denn was mir fehlt, daß darf ich selbst, den höchsten Himmelskönig sagen,
Wen der nun will zum Werkzeug machen, das steht bey Ihm, und nicht bei mir,
Den ehr' ich als von Ihm gesendet, und danke Ihn und dem dafür.
Zuweilen fällt es etwas schwer, zumal wenn Krankheitsfälle kommen,
So wie zeither der Umstand war, doch hat auch dieser abgenommen.
Ich tröste mich mit großen Ständen, die liegen an Gesundheit krank,
Und lieben ihr verborgnes Fieber: Das quält mich nicht, ach Gott sey Dank!
Jetzund bin ich die Neuberin und weder Liesgen noch Zayre,
Doch sticht mich noch der junge Geck, das Quodlibet und die Satyre.
Wovon mag doch der Wurm noch leben? ich geb ihm weder Brod noch Wein,
Und von mir keine Nahrungssäfte, doch schleicht das Ungeziefer ein.
Ich wollt' mir wär die stolze Welt so fremd als wie dem kleinsten Kinde,

so thät ich doch zum wenigsten, nicht ofters eine Einsichts-
Sünde.
Genug, vergieb, ich schreib zu kränklich, doch in dem
Punkt denk ich gesund,
Mich Deiner Güte werth zu machen, und danke Dir aus
Herzensgrund.«[79]

Nur wenige Tage darauf stirbt Johann »an Mattigkeit«. Am 3. März 1759 wird er auf dem Neuen Kirchhof am Pirnaischen Platz beerdigt.

1760 wird Dresden von den Preußen bombardiert, auch das Löbersche Haus, und die Familie flieht in das nahe Dorf Laubegast an der Elbe, mit ihnen Friederike. Löber mietet ihr eine Stube im Dorf; aber als sie krank wird, muß sie das Haus verlassen. Der Besitzer hat Sorge, sie könnte unter seinem

*Das Haus am Laubegaster Elbufer, in dem die Neuberin 1760 starb.*

*Neuberin-Denkmal in Laubegast/Dresden.*

Dach sterben, und der Tod einer Komödiantin, einer unehrenhaften Frau, bringt Unglück.
Ihre letzte Station ist eine Stube beim Bauern Möhle. Dort stirbt sie, dreiundsechzig Jahre alt, am 29. November 1760 gegen ein Uhr in der Frühe. Möhle hat an ihrem Lager gewacht, Möhle zimmert auch ihren Sarg und sorgt für das Begräbnis am nächsten Tag. So wird sie am ersten Adventssonntag auf dem nahen Leubener Friedhof »in der Stille beerdigt«, wie im Begräbnisregister der Pfarrkirche nachzulesen ist[80].
Die Zeit hat daraus ein unehrenhaftes Begräbnis ohne christlichen Segen gemacht. Möhle habe den Sarg bei Nacht und Nebel über die Friedhofsmauer schieben müssen, weil der Pfarrer sich weigerte, für eine Komödiantin das Tor zu öffnen.

Aber das ist nur eine Legende, die erste von vielen, die vor allem im nachfolgenden Jahrhundert über die Neuberin entstehen. Wahr ist, daß Friederike Neuber so wie viele der Toten dieser hektischen Kriegsjahre ein einfaches Begräbnis für Arme ohne Trauerfeier erhielt.

Hier ist die Geschichte vom Leben und Wirken der Friederike Caroline Neuber, geborene Weißenborn, zu Ende. Ein trauriger Schluß? Ach nein, sie hat zwar viel gekämpft, ohne das ersehnte Ziel selbst zu erreichen. Aber schon die nächste Generation schafft, wovon sie geträumt hat, und sie hat dazu das Fundament gelegt. Zwar muß Lessing noch erleben, daß in Wien der Hanswurst ausgerechnet in seiner *Miß Sara Sampson*, in dem ersten bürgerlichen Trauerspiel in deutscher Sprache, munter mitmischt. Aber Literatur und Theater, bis in diese Zeit feindliche Geschwister, sind nun endlich vereint.

Wäre die Neuberin hundert Jahre alt geworden, so hätte sie ihre Freude gehabt an Friedrich Schillers tragischen *Räubern*, an Gotthold Ephraim Lessings spottlustiger *Minna von Barnhelm*, an Johann Wolfgang von Goethes menschlichem *Egmont* mit der traurig-schönen Theatermusik, an all den Dichtern, Schauspielern und Schauspielerinnen der bewegten Zeit des Sturm und Drang, der Klassik, die sie mit vorbereitet hat. Bei der Wiederentdeckung des englischen Schauspiels, besonders der Shakespeareschen Tragödien, hätte sie begeistert mitgetan.

Die Neuberin, als fahrende Komödiantin verachtet, fand in ihren Glanzjahren als ungewöhnliche Prinzipalin, gebildete Frau und Dichterin selbst bei den strengen Bürgern Anerkennung. Die Menschen des achtzehnten Jahrhunderts machten die ersten vorsichtigen Schritte, die engen Fesseln der Stände zu lockern und nicht nur die Künste, sondern auch die Künstler und Künstlerinnen zumindestens am Rande der bürgerlichen Gesellschaft zu dulden. Aber als Gleiche, als eine, auf deren

Verdienste um die eigene Kultur man stolz sein kann, wurde die Neuberin während ihres ganzen Lebens niemals wirklich anerkannt.

Das geschah erst nach ihrem Tod. Der berühmtesten Schauspielerin ihrer Zeit und unbeirrbaren Wegbereiterin des deutschen bürgerlichen Schauspiels und Theaters stifteten Mitglieder der Dresdener *Gesellschaft Patrioten der Künste* 1776 ein Denkmal. Das Monument aus festem Pirnaischen Stein zeigt auf vier schmiedeeisernen Gedenktafeln Friederikes Büste und die Symbole ihrer Kunst: Maske und Dolch der Komödianten und Tragöden und die Doppelflöte der Musikanten und Poeten – und als Huldigung an ihre Bedeutung den Lorbeerkranz als Zeichen des Sieges und des ewigen Lebens. Nicht weit von ihrem Sterbehaus am Elbufer in Laubegast bei Dresden erinnert es auch heute noch an die außerordentliche sächsische Bürgertochter, an die Wanderkomödiantin Friederike Caroline Neuber.

## *Zeittafel*

1697 Am 9. März wird Friederike Caroline Weißenborn als Tochter des Gerichtsinspektors Daniel Weißenborn und seiner Ehefrau Anna Rosine Wilhelm in Reichenbach im sächsischen Vogtland geboren.

1699 Jean Racine, französischer Dramatiker und »Vollender« der klassisch-französischen Tragödie, stirbt.

1700 Johann Christoph Gottsched wird am 2. Februar als Sohn des Dorfpfarrers in Juditten bei Königsberg geboren. In den protestantischen deutschen Staaten wird der Gregorianische Kalender eingeführt.

1702 Familie Weißenborn zieht nach Zwickau um, wo Friederikes Vater sich als Notar niederläßt. In den deutschen Städten wird die Straßenbeleuchtung mit Öllampen eingeführt.

1705 Mutter Anna Rosine stirbt.

1712 Friederike flieht mit dem Studenten Gottfried Zorn aus dem väterlichen Haus. Die Flüchtlinge werden aufgegriffen und in Haft genommen.

1713 Im Juni werden Friederike und Zorn nach dreizehnmonatiger Haft entlassen. In Hamburg sterben 11 000 Menschen an der Pest.

1715 Ludwig XIV. stirbt. In dem nahezu bankrotten Frankreich kommt es zu Unruhen.

1716 Friederike flieht mit Johann Neuber. Sie schließen sich der Spiegelberg'schen Komödiantengesellschaft an. In Williamsburg/Virginia wird durch englische Schauspieler das erste amerikanische Theater gegründet.

1718 Friederike und Johann heiraten am 5. Februar in der Hof- und Domkirche St. Blasius zu Braunschweig.

1719 Wechsel zur Haak'schen Komödiantengesellschaft. Daniel Defoes Abenteuerroman *Robinson Crusoe* erscheint in London und wird ein Jahr später ins Deutsche übersetzt.

1724 Gottsched flieht vor den preußischen Werbern nach dem sächsischen Leipzig.

1726 Auflösung der Haak-Hoffmann'schen Komödiantengesellschaft.

1727 Gründung der Neuber'schen Komödiantengesellschaft, Erteilung des sächsisch-polnischen Hof-Komödianten-Privilegs. Beginn der Zusammenarbeit mit J. Chr. Gottsched. In Nordamerika kämpfen die Quäker gegen die Sklaverei.

1728 Koch wird Mitglied der Neuber'schen Gesellschaft.

1729 Am 22. Januar wird Gotthold Ephraim Lessing im oberlausitzischen Kamenz geboren.

1730 Gottsched veröffentlicht den *Versuch einer Critischen Dichtkunst vor die Deutschen.*

1732 Friederike und Johann Neuber bekommen das »Hochfürstlich Braunschweig-Lüneburg-Wolfenbüttel'sche Hof-Komödianten-Privileg«. Gottsched schreibt das Trauerspiel *Der sterbende Cato*, Voltaire das Drama *Zaire.*

1733 August der Starke, Kurfürst von Sachsen und König von Polen, stirbt. Das sächsisch-polnische Hof-Komödianten-Privileg erlischt. Der Prinzipal und Hanswurst Müller wird nun sächsisch-polnischer Hofkomödiant; Beginn des Streits um das Privileg und die Leipziger Bühnen über den Fleischbänken.

1734 Müller bekommt nun die Bühne. Die Neuber'sche Komödiantengesellschaft muß Leipzig verlassen. Johann Sebastian Bach, seit 1723 Thomaskantor in Leipzig, komponiert das Weihnachtsoratorium.

1737 Nach großen Erfolgen in Frankfurt und Straßburg im

Herbst Rückkehr nach Leipzig. Im Oktober symbolische Verbannung des Hanswursts vom deutschen Theater durch die Neuber'sche Gesellschaft auf der Bühne am Bosischen Garten.

1738 Johann Adolph Scheibe komponiert in Hamburg für die Neuber'sche Bühne erstmalig Theatermusiken, die Inhalt und Stimmung der Schauspiele entsprechen. Die Hamburger Oper, die erste bürgerliche Deutschlands, ist endgültig bankrott.

1740 Im März Abreise nach St. Petersburg auf Einladung der russischen Zarin Anna. Friederike Neuber erscheint als Poetin in Zedlers Universallexikon. Gottsched veröffentlicht den ersten Band von *Die Deutsche Schaubühne, nach den Regeln der alten Griechen und Römer eingerichtet.*

1741 Gottsched verbündet sich mit Prinzipal Schönemann. Rückkehr der Neuber'schen Gesellschaft nach Leipzig. Bruch mit Gottsched. Das Wiener Burgtheater wird gegründet.

1743 Erste Auflösung der Neuber'schen Gesellschaft.

1744 Neugründung und Rückkehr nach Leipzig.

1748 Im Januar Uraufführung des Lustspiels *Der junge Gelehrte*, ein Erstlingswerk des Studenten Gotthold Ephraim Lessing, in Leipzig. Koch und andere wichtige Schauspieler verlassen die Neuber'sche Gesellschaft und gehen nach Wien an das Theater am Kärntnertor.

1749 Schönemann vertreibt die Neuber'sche Gesellschaft von der Leipziger Bühne in Zotens Hof. Im Oktober Eröffnung einer neuen Bühne »im großen Blumenberge«. Koch kommt zurück und bekommt das sächsisch-polnische Hof-Komödianten-Privileg. Am 28. August wird in Frankfurt a. M. Johann Wolfgang Goethe geboren.

1750 Koch vertreibt die Neuber'sche Gesellschaft von ihrer neuen Bühne und für immer aus Leipzig. Ausweisung aus Zerbst und Auflösung der Neuber'schen Gesellschaft. Johann Friedrich Schönemann wird Hofkomödiendirektor in Schwerin. Abschaffung der Hexenprozesse in Deutschland (außer in Bayern). Johann Sebastian Bach stirbt am 28. Juli in Leipzig.

1753 Gastspiel der Neuberin in Wien. Der Komödiant Conrad Ekhof organisiert in Schwerin eine »Schauspieler-Academie«, die ein Jahr besteht. Ein literarischer Frauenkreis in London trägt stets blaue Strümpfe.

1755 In einem Potsdamer Gartenhaus schreibt Lessing in wenigen Wochen *Miß Sara Sampson. Ein bürgerliches Trauerspiel.*

1756 Beginn des Siebenjährigen Krieges Preußens gegen das mit Frankreich, Rußland und Sachsen verbündete Österreich.

1759 Am 3. März stirbt Johann Neuber in Dresden. Voltaire veröffentlicht *Candide oder der Optimismus.* Am 10. November wird in Marbach Friedrich Schiller geboren.

1760 Die Preußen bombardieren Dresden. Friederike Neuber flieht nach Laubegast und stirbt dort am 29. November.

1766 Am 12. Dezember stirbt J. Chr. Gottsched. Johann Wolfgang Goethe ist Student in Leipzig, Madame de Staël wird geboren; die Kartoffel wird endgültig menschliches Nahrungsmittel in Deutschland; Lessing veröffentlicht *Laokoon oder über die Grenzen der Malerei und Poesie.*

# *Quellenverzeichnis*

1 Zwickauer Gerichtsakten 1712. In: Reden-Esbeck, Freiherr Friedrich Johann von: Caroline Neuber und ihre Zeitgenossen, Leipzig 1881, Reprint des Zentralantiquariats der DDR, Leipzig 1985, S. 23
2 Johann Heinrich Campe: Väterlicher Rath an meine Tochter, 1789. In: Ulrich Herrmann: Erziehung und Schulunterricht für Mädchen im 18. Jahrhundert. In: Wolfenbütteler Studien zur Aufklärung, Band III, Wolfenbüttel 1976, S. 106
3 In: Reden-Esbeck, a.a.O., S. 13f.
4 Zwickauer Akten. In: Reden-Esbeck, a.a.O., S. 15
5 A.a.O., S. 10
6 A.a.O., S. 18
7 A.a.O., S. 24f.
8 Stadtarchiv Zwickau: Ratsprotokolle 1712/13, bl. 223, In: Wolfram Günther: Neuer Ergebnisse und Probleme der Forschung über die Zwickauer Jugendjahre der Neuberin (Korrespondenzen der Neuberin-Gedenkstätte Reichenbach, Nr. 4), S. 7
9 Alewyn, Richard: Das große Welttheater, Nachdruck München 1989, S. 91
10 A.a.O., S. 95
11 A.a.O., S. 94
12 Johann Christoph Gottsched: Die vernünftigen Tadlerinnen, XLIV. Stück, Mittwochs, den 31. Oktober 1725, pag. 388 bis 351. In: Reden-Esbeck, a.a.O., S. 49
13 In: Reden-Esbeck, a.a.O., S. 56
14 Richard Alewyn, a.a.O., S. 117f.
15 G.W. Leipniz: Einige Patriotische Gedanken. Zitiert nach: Wolfgang Ruppert: Bürgerlicher Wandel, Frankfurt 1984, S. 45
16 Der Biedermann, 100. Blatt, 4. April 1729, In: Rolf Grimminger (Hrsg.): Hansers Sozialgeschichte der deutschen Literatur, Band 3, München 1980, S. 278
17 In: Reden-Esbeck, a.a.O., S. 60
18 J.Chr. Gottsched: Die Schauspiele und besonders die Tragödien sind aus einer wohlbestallten Republik nicht zu verbannen. In: Schriften zur Literatur, Stuttgart 1972, S. 5
19 A.a.O.
20 J.Chr. Gottsched: III. Vorrede zum *Sterbenden Cato*. In: Schriften zur Literatur, a.a.O., S. 201
21 J.Chr. Gottsched: III. Vorrede zum *Sterbenden Cato*. In: Schriften zur Literatur, a.a.O., S. 202

22 Reden-Esbeck, a.a.O., S. 92f.
23 Brief an Gottsched. In: Reden-Esbeck, a.a.O., S. 94
24 A.a.O.
25 Theaterzettel vom 10. Juli 1732. In: Reden-Esbeck, a.a.O., S. 113
26 A.a.O.
27 A.a.O.
28 Brief an M. Türpe vom 12. März 1731. Zitiert nach Reden-Esbeck, a.a.O., S. 114
29 Eingabe von Friederike Neuber an den sächsischen Kurfürsten. In: Reden-Esbeck, a.a.O., S. 132
30 Reden-Esbeck, a.a.O., S. 136
31 Bittgedicht vom April 1734. In: Reden-Esbeck, a.a.O., S. 150f.
32 Leipziger Akten. In: Reden-Esbeck, a.a.O., S. 152
33 Protestschreiben an den Leipziger Rath vom 9. Juni 1734. In: Reden-Esbeck, a.a.O., S. 154
34 Friederica Carolina Neuberin: Ein Deutsches Vorspiel (1734). In: August Sauer (Hrsg.): Deutsche Literaturdenkmale des 18. und 19. Jahrhunderts, Neue Folge No. 13, Leipzig 1897, S. 3f.
35 Königlich-kurfürstliche Anordnung vom 14. Juli 1734. In: Reden-Esbeck, a.a.O., S. 166
36 Brief des Magisters May an Gottsched. In: Reden-Esbeck, a.a.O., S. 168
37 Brief vom 13. November 1734. In: Reden-Esbeck, a.a.O., S. 168
38 Brief vom 15. Februar 1735. In: Reden-Esbeck, a.a.O., S. 171f.
39 Brief an Gottsched vom 15. Februar 1735. In: Reden-Esbeck, a.a.O., S. 171
40 Widmung Friederike Caroline Neubers vom 31. Dezember 1733. In: Hannah Sasse: Friederike Caroline Neuber, Dissertation Univ. Freiburg i. Br., 1937, S. 136
41 A.a.O., S. 135f.
42 J. Stählin: Vorrede zur Übersetzung des *Lycoris* von F. S. Maffei, 1734. In: August Sauer, a.a.O., S. III
43 Barbara Becker-Cantario: Der lange Weg zur Mündigkeit, München 1989, S. 263ff., auch S. 187
44 Ernst Finder. In: Eckart Klessmann: Die Geschichte der Stadt Hamburg, Hamburg 1984, S. 244
45 Friederike Caroline Neuber: Brief an Gottsched vom 15. Februar 1735. In: Reden-Esbeck, a.a.O., S. 171
46 Theaterzettel zur Hamburger Premiere mit *Iphigenia* und *Der Bräutigam ohne Braut* am 18. April 1735. In: Reden-Esbeck, a.a.O., S. 173
47 Hamburger Anschlagzettel. In: Reden-Esbeck, a.a.O., S. 174f.
48 Brief des Dichters Hudemann vom 22. Juni 1735. In: Reden-Esbeck, a.a.O., S. 175

49 Hamburger Theaterzettel vom 5. Dezember 1735. In: Reden-Esbeck, a. a. O., S. 191
50 Zitiert nach: Peter Kleinschmidt: Die Neuberin und Kiel. In: Kieler Theaterblätter, Jahrg. 1964/5, S. 56
51 In: E. Mentzel: Geschichte der Schauspielkunst in Frankfurt a. M., 1882. Reprint Leipzig 1975, S. 158
52 A. a. O., S. 169
53 Brief vom 24. Dezember 1734. In: Reden-Esbeck, a. a. O., S. 200f.
54 A. a. O., S. 209
55 Notiz des Opernhausbesitzers Willers. In: Karl Gröning: Hamburgische Theatergeschichten, Hamburg 1944, S. 73
56 Johann Adolph Scheibe: Der critische Musicus. In: Gotthold Ephraim Lessing: Hamburgische Dramaturgie, Stuttgart 1981, S. 137f.
57 A. a. O.
58 A. a. O., S. 138
59 A. a. O.
60 Johann F. Schütze: Hamburgische Theater-Geschichte, Hamburg 1794, S. 239
61 In: Reden-Esbeck, a. a. O., S. 244ff.
62 A. a. O., S. 245f.
63 Brief an den Grafen Manteuffel vom 12. März 1740. In: Reden-Esbeck, a. a. O., S. 248f.
64 Akten des Salz-Kommissariats St. Petersburg 1740, Abschrift einer Übersetzung in der Neuberin-Gedenkstätte Reichenbach
65 J. Chr. Gottsched: Ankündigung der *Deutschen Schaubühne* in seiner Zeitschrift *Beyträge zur Critischen Historie der Deutschen Sprache, Poesie und Beredsamkeit* (Stück 23). Zitiert nach Reden-Esbeck, a. a. O., S. 149
66 J. Chr. Gottsched: Vorrede zur *Deutschen Schaubühne*, 1740. In: Schriften zur Literatur, a. a. O., S. 260f.
67 Zitiert nach: Reden-Esbeck, a. a. O., S. 268
68 Leipziger Theaterzettel vom 4. Oktober 1741. In: Reden-Esbeck, a. a. O., S. 269f.
69 In: Reden-Esbeck, a. a. O., S. 276ff.
70 Brief des Friedrich Melchior Freiherr von Grimm an Gottsched vom 11. Oktober 1745. In: Reden-Esbeck, a. a. O., S. 297f.
71 Zitiert nach: Dieter Hildebrandt: Lessing, Reinbek 1990, S. 50
72 Lessings Brief an seine Mutter vom 20. 01. 1749. In: H. Sasse, a. a. O., S. 105
73 Zitiert nach: D. Hildebrandt, a. a. O., S. 51f.
74 A. a. O., S. 52
75 Friederike Caroline Neuber, Bittschrift an den Grafen Brühl vom 12. Januar 1750. In: Reden-Esbeck, a. a. O., S. 329
76 Joseph Anton Christ: Schauspielerleben im achtzehnten Jahrhundert, Ebenhausen-München 1912, S. 334

77 Zitiert nach: Reden-Esbeck, a.a.O., S. 339
78 Erinnerungen einer Tochter Löbers. Zitiert nach: Reden-Esbeck, a.a.O., S. 340
79 Brief vom 18. Februar 1759. In: Reden-Esbeck, a.a.O., S. 341
80 Zitiert nach: Reden-Esbeck, a.a.O., S. 342f.

## *Bildnachweis*

S. 11, 45, 103, 138, 139 Neuberin-Gedenkstätte Reichenbach; S. 97 Bildarchiv Preussischer Kulturbesitz; S. 125 Süddeutscher Verlag.

## *Danksagung*

Für die engagierte Unterstützung bei meiner Recherche danke ich besonders Marion Schulz, Leiterin der Neuberin-Gedenkstätte in Reichenbach im Vogtland. P. Oelker

# Biographien

Heike Brandt
*»Die Menschenrechte haben kein Geschlecht«*
Die Lebensgeschichte der Hedwig Dohm
128 Seiten mit Fotos (80688)
*Auswahlliste Deutscher Jugendliteraturpreis*

Irmela Brender
*Vor allem die Freiheit*
Die Lebengeschichte der George Sand
112 Seiten mit Abbildungen (80670)

Heiner Feldhoff
*Paris, Algier*
Die Lebensgeschichte des Albert Camus
123 Seiten mit Fotos (80698)

Heiner Feldhoff
*Vom Glück des Ungehorsams*
Die Lebensgeschichte des Henry David Thoreau
112 Seiten mit Fotos (80683)

Frederik Hetmann
*Bis ans Ende aller Straßen*
Die Lebengeschichte des Jack Kerouac
120 Seiten mit Fotos (80689)

Frederik Hetmann
*Drei Frauen zum Beispiel*
Die Lebensgeschichte der Simone Weil, Isabel Burton
und Karoline von Günderrode
168 Seiten mit Fotos (80692)

Frederik Hetmann
*Schlafe, meine Rose*
Die Lebensgeschichte der Elisabeth Langgässer
112 Seiten mit Fotos (80668)

Frederik Hetmann
*So leicht verletzbar unser Herz*
Die Lebensgeschichte der Sylvia Plath
112 Seiten mit Fotos (80681)

Beltz & Gelberg
Beltz Verlag, Postfach 100154, 6940 Weinheinm

# Biographien

Charlotte Kerner
*Lise, Atomphysikerin*
Die Lebensgeschichte der Lise Meitner
140 Seiten mit Fotos (80664)
*Deutscher Jugendliteraturpreis*

Charlotte Kerner (Hrsg.)
*Nicht nur Madame Curie...*
Frauen, die den Nobelpreis bekamen
336 Seiten mit Fotos (80691)
*Auswahlliste Deutscher Jugendliteraturpreis*

Charlotte Kerner
*Seidenraupe, Dschungelblüte*
Die Lebensgeschichte der Maria Sibylla Merian
112 Seiten mit Abbildungen (80675)
*Auswahlliste Deutscher Jugendliteraturpreis*

Ilse Kleberger
*Der eine und der andre Traum*
Die Lebensgeschichte des Heinrich Vogeler
136 Seiten mit Fotos (80696)

Michail Krausnick
*Hungrig!*
Die Lebensgeschichte des Jack London
96 Seiten (80652)

Michail Krausnick
*Die eiserne Lerche*
Die Lebensgeschichte des Georg Herwegh
208 Seiten mit Abbildungen (80723)
*Deutscher Jugendliteraturpreis*

Ernst Nöstlinger
*Den Osten im Westen suchen*
Die Lebensgeschichte des Christoph Kolumbus
144 Seiten mit Abbildungen (80697)

Monika Pelz
*»Nicht mich will ich retten!«*
Die Lebensgeschichte des Janusz Korczak
116 Seiten (80666)
*Auswahlliste Deutscher Jugendliteraturpreis*

Beltz & Gelberg
Beltz Verlag, Postfach 100154, 6940 Weinheim